AGNES HAMMER

NÄCHSTER HALT: DSCHIHAD

Loewe

ISBN 978-3-7855-8304-3
1. Auflage 2016
Überarbeitete Neuausgabe des Titels *Regionalexpress*

Umschlagfoto: shutterstock © Giordano Aita
Umschlaggestaltung: Florian Frohnholzer
Printed in Germany

www.loewe-verlag.de

Ziegler

JANUAR

ADIL

Sie stiegen in den Regionalexpress nach Düsseldorf, und sie waren zu zweit. Älter und kräftiger als ich, und einer hatte einen White-Pride-Aufnäher an der Jacke.

Bloß keinen Ärger jetzt. Andere Tür nehmen, anderen Waggon.

Der Doppeldecker war voll. Sie würden mich nicht sehen, und selbst wenn, sie würden schon nichts machen. Ich setzte mich auf die Stufen zur oberen Ebene und schob die Schultasche unter meine Beine. Versuchte an die Zwei zu denken, die ich heute in Deutsch zurückbekommen hatte.

Die Ohrstöpsel klemmten in meinen Ohren, damit ich die knappe halbe Stunde, die der Zug bis Düsseldorf brauchte, verbringen konnte wie alle, die pendeln müssen: vor mich hin stierend, von der Musik auf Abstand gebracht zu den Menschenbeinen, die auf der Treppe um mich herumstanden und das Ruckeln über der Hohenzollern-Brücke ausbalancierten.

In Deutz stiegen noch mehr Leute ein, in Köln-Mülheim noch mal welche. Um mich herum ein Wald aus behosten Beinen. Was machte ich mir eigentlich so ins Hemd? Ich kannte das ja, und doch, noch bevor ich mich umdrehte, wusste ich, dass sie hinter mir standen und auf mich herunterblickten. Jetzt bloß nicht hochgucken. Weiter Musik hören.

Einer, der Dünnere, tat so, als hätte er mich nicht gesehen, und trat auf meine Jacke.

„Hier ist kein Sitzplatz!“, sagte der Dicke. Am Hals hatte er eine Tätowierung, irgendwas in altdeutscher Schrift.

Ich tat so, als hätte ich ihn nicht gehört. Auf den Boden starren.

„Alle stehen hier!“ Er zog mich am Arm. „Los! Alle müssen stehen!“

Ich war jetzt auf den Beinen, meine Füße suchten Halt, nirgendwo konnte ich mich festhalten.

„Hältst dich wohl für wen, he?“, sagte der mit dem tätowierten Hals. Bierfahne. „Aber du stehst hier mal schön wie alle anderen.“

Er hielt mich immer noch fest.

„Oder du nimmst nächstes Mal dein Kamel“, sagte der Dünnere, und der andere lachte.

„Hast du ein eigenes Kamel? Oder bumst du das von deinem Vater?“ Das fanden sie beide ganz schrecklich lustig.

Obwohl der Zug knallvoll war, hatten die beiden jetzt ganz schön viel Platz. Der eine schubste mich gegen den anderen.

„Willst du frech werden?“, fragte der Tätowierte. „Ich geb dir gleich frech!“

„He? Der will frech werden?“, fragte der Dünnere.

Im oberen Bereich des Zuges bewegte sich etwas auf uns zu, ein Stück Körper, ein Winterstiefel. Und er traf den Tätowierten voll ins Gesicht. Ein richtig dumpfer Aufprall war das. Ich musste über das Blut lachen, das plötzlich aus der

Nase rann, obwohl mir gar nicht zum Lachen war. Am liebsten hätte ich um Hilfe geschrien, aber der Einzige, der mir geholfen hatte, starrte auf die dunkelroten Tropfen, als könne er es selbst nicht glauben.

Das Blut befleckte nun den mit grauem Plastik bezogenen Boden des Zuges, und meine Jeans.

„Was bist du denn für einer?“, fragte der Dünnere. „Du kleiner Verräter.“

Der mit der blutenden Nase fragte nicht lange, sondern schlug seine Faust in meinen Magen. Ich lachte immer noch, lautlos, denn mir blieb die Luft weg. Ich sank japsend auf die Treppenstufen zurück und legte die Arme um meinen Kopf. Sein Stiefel traf meinen Ellenbogen, und im schützenden Viereck meiner Arme hörte ich, wie ich schnaufend Luft holte und auf den nächsten Tritt wartete. Auch mein Helfer schien etwas abzubekommen, ich hörte ein dumpfes Geräusch und einen unterdrückten Schmerzenslaut.

Einer der Pendler telefonierte inzwischen hektisch, dann tauchte der Schaffner auf. Um irgendwas zu tun, packte er mich, und drückte mein Gesicht gegen die Wand des Zuges. Ich hörte, wie sich alle gegenseitig lauthals beschuldigten, mehrere Pendler mischten sich ein, sagten, ich habe nicht aufstehen wollen, obwohl der Zug doch völlig überfüllt sei.

„Die haben doch voll provoziert!“, sagte der, der mir geholfen hatte. „Das ging doch nicht darum, dass er nicht aufstehen wollte!“

Als der Zug in Leverkusen hielt, war das Gleis schon voller Polizei, fast wie vor einem Fußballspiel. Der mit der altdeutschen Schrift am Hals wollte tatsächlich Anzeige erstatten.

„So eine feige Sau!“, sagte der Junge, der mir gerade geholfen hatte.

Jetzt erst wurde mir klar, dass ich ihn kannte, zumindest vom Sehen. Er ging in dieselbe Schule wie ich, sonst ein stiller Typ, der in den Pausen meistens allein in der Nähe vom Süßigkeiten-Automaten herum stand.

Sie nahmen uns mit auf ihre Wache, mich und auch Max, meinen Mitschüler. Wir machten unsere Aussagen, er erklärte, dass er dem Nazi nicht absichtlich die Nase gebrochen habe. Jetzt lachte ich nicht mehr, ich war ernst, und er beteuerte mehrmals, dass er doch nur helfen wollte, verdammt, was war das für ein Land, in dem man nicht mal mit dem Zug fahren konnte, ohne von Rechtsradikalen belästigt zu werden? Wieso nahmen sie die anderen nicht fest?

„Du kannst genauso Anzeige erstatten!“, sagte einer von der Polizei. „Wenn du willst …“

„Nein“, sagte ich sofort und dachte dabei an meine Mutter. Sie würde ausflippen, wenn sie von dieser Sache erfuhr.

Es ging noch ein bisschen hin und her, doch dann ließen sie uns schließlich gehen, und auf dem Weg zurück zum Bahnhof Leverkusen Mitte tauschten Max und ich unsere Nummern.

MAX

Als ich ein kleiner Junge war, wohnten wir in einer Mietwohnung an der Corneliusstraße, und abends lag ich lange wach und sah auf die Zimmerdecke.

Die Nacht spannte ihre dunkle Kuppel über Düsseldorf, und alles war richtig und an seinem Platz, und das ließ mich an Gott glauben, an einen richtigen großväterlichen Gott, der die ganze Welt erschaffen hatte, indem er Wasser und festes Land trennte, indem er die Pflanzen und Tiere machte und dann die Menschen.

Ich war dankbar, dass ich ein kleiner Junge war und hier leben durfte, dass ich eine Mutter und einen Vater hatte und dazu eine kleine süße Schwester. Dass ich am nächsten Tag in die Schule gehen und dort für meinen Aufsatz gelobt werden würde. In den Pausen waren wir eine Bande Jungs, die lärmend über den Schulhof zogen, und auch das war richtig. Und dann ging's durch den warmen Abend nach Hause, wo der Tisch schon gedeckt war. Es gab Bratkartoffeln, oder Brot mit Fleischwurst, und im Sommer machte mein Vater oft Tomatensalat mit kleinen Zwiebelringen, den ich so gerne mochte. Ein Tag war wie der andere, und jeder Tag war richtig.

Aber dann ging Gott fort, oder wie man das nennen will, was dann passierte.

Meine Mutter blieb immer öfter tagsüber im Bett, zuerst

weinend, und später im Jahr, als es kälter wurde und man in der Innenstadt die Hütten für den Weihnachtsmarkt aufbaute, lag sie nur noch still da.

„Wir gehen Bratwürste essen!“, rief mein Vater in das dunkle Schlafzimmer. Es war ein Sonntag, und draußen war es klirrend kalt. Mein Vater zog mir die Strickmütze bis über die Ohren.

„Und Zuckerwatte!“ Meine Stimme war schrill und unnatürlich fröhlich.

„Wir gehen jetzt!“, rief mein Vater ganz unnötig, denn wir standen weiter an der Garderobe herum und warteten auf eine Antwort.

Paula, meine kleine Schwester, öffnete dann die Wohnungstür und trat ins Treppenhaus.

Ich schwitzte in meiner dicken Daunenjacke, trotzdem blieb ich im Flur stehen. War aus dem Zimmer meiner Mutter wirklich nichts zu hören, nicht mal das irgendwie wolkige Geräusch, das eine Bettdecke macht, wenn sie zurückgeschlagen wird? Das konnte doch nicht sein.

„Na komm schon, Max!“, sagte mein Vater.

Aber ich trat ans Bett meiner Mutter. Sie lag da wie aufgebahrt.

„Mama!“, sagte ich. „Soll ich dir gebrannte Mandeln mitbringen?“ Die hatte sie immer gemocht.

Sie gab keine Antwort. Ihre Augenlider flackerten nicht mal, obwohl sie spüren musste, dass ich sie anstarrte.

„Gebrannte Mandeln. Ich bringe dir welche!“, flüsterte ich. „Das mache ich gern.“

Ich erinnere mich, wie später die kegelförmige Papiertüte vom Nussstand des Weihnachtsmarktes tagelang auf der Anrichte lag. Sie hat die Mandeln nie gegessen.

Aber damit fing es an. Monatelang brachte ich ihr jeden Tag kleine Dinge mit, die ich selbst gebastelt hatte (und in der Grundschule bastelten wir eine Menge Zeug), oder ich setzte mich zu ihr und erzählte von der Schule und von Jonas, Tobias und Torben, meinen Freunden. Ich erfand Abenteuer, die wir erlebten, ich log das Blaue vom Himmel, damit ich immer noch der kleine glückliche Junge war, den sie mal geliebt hatte. An einem Abend, mein Mund war schon ganz trocken von einer langatmigen Lügengeschichte über Torbens geklautes Fahrrad, von der ich selbst nicht wusste, wie ich sie enden lassen sollte, setzte meine Mutter sich auf.

„Hör auf!", fauchte sie mich an. „Hör endlich auf damit!"

„... und dann hat Torben ...", machte ich einfach weiter.

„Geh! Raus!", zischte meine Mutter mich an.

Das machte mich ängstlich und wütend zugleich, und Gott, der die ganze Welt erschaffen hatte, indem er Wasser und festes Land trennte und das alles, den kümmerte es einen Scheiß, als später – an einem merkwürdig warmen Tag im Februar – der Krankenwagen kam und meine Mutter eingesperrt wurde. Geschlossene Psychiatrie. Zu ihrer eigenen Sicherheit.

Mein Vater lächelte hilflos, und statt Bratkartoffeln und Tomatensalat gab's immer öfter Tiefkühlpizza vom Aldi.

Das war lange her, meine Mutter kam irgendwann zurück, und inzwischen verdienten meine Eltern wieder Geld, und ich selbst war wohl das, was meine letzte Lehrerin wohlstandsverwahrlost nannte, bevor sie mir den Tipp gab, es an dieser Schule in Köln zu versuchen, hier in Düsseldorf würde mich keine Schule mehr wollen, und tatsächlich hatte man in der Nachbarstadt ein großes Herz, und – nachdem mein Vater dem Förderverein der Schule ein bisschen gespendet hatte – durfte ich mich in die letzte Reihe setzen und versuchen, doch noch einen Abschluss zu bekommen.

Ich schloss die Tür unseres neuen Hauses auf.

„Hallo, mein Großer", begrüßte meine Mutter mich und raufte meine Haare. Am liebsten hätte ich ihre verlogene Hand weggeschlagen.

KEMPER

Ich war erst im Jahr zuvor vom Landesamt für Verfassungsschutz in Düsseldorf zur Bundeszentrale nach Köln versetzt worden. Als Auswerter mit leitender Funktion, mit Aussicht auf eine baldige weitere Beförderung. Ich war gut, richtig gut, ich verstand es nicht nur, Daten zu sammeln, sondern auch die wichtigen Details von den unwichtigen zu unterscheiden und die wichtigen in Beziehung zu setzen. Sie waren wie ein großes Puzzle, und ich nahm die einzelnen Teile in die Hand und fügte sie zueinander. Manchmal war ich ein Genie. Zumindest galt ich als der fähigste Mann der Abteilung, und ich hatte mich so erfolgreich gefühlt, so männlich.

Nach der Beförderung zur Zentrale war ich nach Hause gefahren, um mit Uta in einem schönen Restaurant zu feiern. Uta sah so hinreißend schön aus, als sie an der Haustür auf mich wartete, und wir setzten uns ins Auto, fuhren ins Schlosshotel nach Bensberg und speisten dort im Restaurant, angeblich dem besten von ganz Deutschland, drei Michelin-Sterne. Ich war mir so meiner Stärken bewusst, dass ich eines Tages – gut ein halbes Jahr, bevor es so weit war – fünfhundert Euro abhob und in meine Brieftasche steckte, für diesen Abend im Bensberger Hotel. Den Tisch hatte ich schon bestellt, als ich das mit meiner Beförderung noch gar nicht sicher wusste, sondern nur hoffen konnte, aber ich war so von mir überzeugt, so selbstsicher, früher, in meinem ersten Leben, dem Leben mit Uta.

Jetzt wusste ich immer noch nicht, was ich mit ihren ganzen Sachen machen sollte, obwohl sie schon über ein Jahr tot war. War sie noch weiter weg, wenn ich die Gerichte, die sie gekocht und eingefroren hatte, wegwarf? Sie trugen Aufschriften von ihrer Hand wie „Rotes Kokos-Curry“, „Tagliatelle mit Lachs“ oder „Johannisbeeren (rot)“ und waren im Tiefkühler für die Tage gestapelt, an denen sie zu ihren Seminaren fuhr. Sollte ich sie aufessen, weil sie nicht zu Hause war, so wie sie es erwartet hatte, als sie diese Gerichte für mich kochte und abfüllte? Kochen war ihr Hobby. Würde das noch etwas ändern?

Ich wusste es nicht, und für mich, dessen größte Leidenschaft es gewesen war, Informationen und Quellen von Informationen zu sammeln, zu bewerten und zusammenzufügen, gab es den Trost nicht mehr, der dem leidenschaftlichen Willen zum Wissen entsprang.

Warum? Das fragte ich mich immer wieder. Warum musste Uta sterben?

Natürlich stellte ich diese Frage nicht laut, weder im Freundeskreis, wobei ich keine nahen Freunde hatte, noch im Büro. Und abends am Telefon, wenn meine Schwester anrief, schon gar nicht.

Ich hatte eine Abteilung zu leiten, Mitarbeiter blätterten für mich in Protokollen, Aussagen und Berichten. Ihre Aufgabe war – Himmel, eigentlich war es auch meine Aufgabe –, Informationen zu sammeln und Informationsquellen, und genau das zu verhindern, was dann doch passieren würde: den Tod. Wir schützten die innere Sicherheit des Landes. Wir schützten die Verfassung. Dafür hörten wir Telefone ab, werteten E-Mails aus, warben V-Leute an und schrieben Protokolle, immer in der Hoffnung, nichts zu finden und – vor allem – nichts zu übersehen. Anschläge, Attentate und Terrorismus waren unser täglich Brot, zumindest unsere täglichen Gedanken, und ich sah mir meine Mitarbeiter und Kollegen an, mit denen ich Tote verhindern sollte, und ich konnte nur an meine tote Frau denken.

Jeden Morgen fuhr ich umständlich mit der S-Bahn nach Leverkusen und dann mit dem Regionalexpress nach Köln, weil es mir nach dem Unfall unmöglich geworden war, ein Auto zu lenken. Ich kam immer sehr früh ins Büro, und dann legte ich meine Stirn auf die graue Schreibtischplatte, roch das Putzmittel, das die Reinigungskraft am Abend davor daraufgesprüht hatte, und spürte die Kühle, die von dieser Platte ausging.

Wir hatten endlich die Erlaubnis bekommen, diverse Wohnungen verdächtiger Personen abzuhören, und vor mir lagen die ersten Protokolle geführter Telefongespräche und anderer Kleinkram, nichts von Bedeutung, wie ich hoffte, und ich konnte mich minutenlang nicht dazu aufraffen, einen der Ordner zu öffnen, zu lesen, Zusammenhänge herzustellen, Quellen zu prüfen und so unser Wissen zu vermehren. Entscheidungen zu treffen.

Ich legte einfach nur meine Schläfe und meine linke Wange auf die Schreibtischplatte und betrachtete die sorgfältig beschrifteten Rücken der Ordner. Ich las nicht einmal die Buchstaben, die zweifelsohne irgendeinen Sinn ergaben, die Zeichen, mit denen wir Vorgänge kennzeichneten, die Codes der Abteilung, die ich mitentwickelt hatte.

Aber ich musste mich aufrichten, noch bevor Littkens, einer meiner Kollegen, an meinem Büro vorbeiging, langsamer werdend, sodass ich ihn hereinrufen und mit ihm irgendwelche Dinge besprechen konnte, von denen ich inzwischen fürchtete, weniger Ahnung zu haben als er. Er war Wissenschaftler, promoviert, sprach immer leise, zitierte leise, wusste die richtige Quelle, das richtige Wort, die ungefähre Übersetzung und Exegese. Er ließ sich Zeit beim Sprechen, musterte meine Miene und wurde dabei unmerklich langsamer, so als müsse er sich meiner Zustimmung versichern, und sprach dann in normalem Tempo weiter. Ich hatte ihn früher gemocht, sehr sogar, bevor meine Frau und ich diesen Autounfall hatten, aber jetzt gingen mir seine langsame, leise Art und sein ganzes Fachwissen auf die Nerven.

Was denkst du? Das hätte ich ihn gerne einmal gefragt. Was soll das alles? Warum sind wir hier?

Doch vielleicht hätte er nur wortlos mein Gesicht abgesucht und dann erkannt, dass ich es todernst meinte.

PAULA

Wahrscheinlich war der alte, abgewetzte Kieffer-Springsattel von Molly der Platz auf der Welt, der für mich am ehesten ein Zuhause bedeutete. Der Sattel und der Reitstall und die Turniere. Nichts war mir wichtiger als die Arbeit mit den Pferden. Jungs waren für mich kein Thema, und wahrscheinlich wäre es besser gewesen, ich wäre dabei geblieben.

Molly war die große Schimmelstute meines Reitlehrers, mit der ich in der letzten Saison viel gewonnen hatte, und diese Saison hatte genauso gut angefangen.

Die Hallentür öffnete sich jetzt, alle sieben Reiter des A-Springens sollten zur Siegerehrung einreiten. Ich bekam mit Molly die goldene Schleife, die erste in diesem Jahr, und ich nahm es als gutes Omen für die nächste Saison. Wir ritten die Ehrenrunde, und danach verluden wir die Pferde.

Simon fragte, ob ich am Abend Zeit hätte, schließlich war

noch keine richtige Saison, morgen kein Turnier, und er sei auf eine nette Party eingeladen, und seine Bekannte habe ihm abgesagt, aber das sei nur eine Bekannte, und er würde sich sehr freuen, wenn ich … Er verhaspelte sich in seiner kleinen Rede, und ich musste lachen.

„Klar, ich komm mit“, sagte ich und verstaute meine Reitstiefel im Kofferraum.

„Dann … ja, dann, bis heute Abend. Ich hole dich ab.“

Simon stand mir im Weg, und als ich an ihm vorbeiging, streifte ich ihn mit der Schulter. Er streckte den Arm aus und drückte mich unbeholfen an sich.

„Den hat's ja ganz schön erwischt“, meinte Bernd, als wir im Auto zum Stall fuhren. Tonka, seine alte Hündin, saß im Fußraum und legte ihren Kopf zwischen meine Knie.

„Vielleicht“, sagte ich und kraulte das lange schwarze Fell von Tonka hinter den Ohren.

Bernd lachte und schwieg dann eine Weile.

„Röder hat nach dir gefragt, du weißt schon …“

„Nein, ich weiß nicht!“ Aber ich wurde aufgeregt. Röder, das war der bekannteste Springausbilder im ganzen Umkreis. Ich kannte ihn von vielen Turnieren, wo er und auch seine Frau immer meinen sauberen Springstil und meinen Ehrgeiz lobten.

„Was wollte er denn? Ging es um das Kerlchen?“ Das Kerlchen war ein Nachwuchspferd von Bernd.

„Nein, er sucht eine Auszubildende.“ Seine Frau hatte mir schon mehrmals gesagt, dass sie mich sofort einstellen würde.

„Hm“, sagte ich.

Ich wurde rot. Meine Eltern erwarteten von mir, dass ich Abitur machte. Vielleicht weil Max das immer noch nicht zustande gebracht hatte. Ich wollte eigentlich nur reiten, jeden Tag, immer. Alles andere war Nebensache, auch die Schule.

„Im Juni werde ich achtzehn“, sagte ich. Mein Griff in Tonkas Fell wurde unwillkürlich fester.

„Du kannst es dir zumindest mal überlegen.“

„Da muss ich nicht überlegen. Wenn Röder mich nimmt, bin ich sofort dabei.“

Am Abend hüpfte ich mit Simon auf einer voll gedrängten Tanzfläche herum. Wir tanzten ziemlich eng, und später ließ ich zu, dass er mich küsste, und drückte mich an ihn. Doch als er mich fester packen wollte, schob ich ihn freundlich – so hoffte ich – weg.

Ich kannte Simon schon ewig, und ich mochte ihn sehr. Anders als ich hatte er keinen besonderen Ehrgeiz. Sein Pferd, der Dicke, wie er ihn meistens nannte, war das abgelegte Dressurpferd seiner Mutter. Der Dicke war bestimmt schon über zwanzig, und wenn wir in der Springstunde die Stangen ein bisschen höher machten, verzichtete Simon meistens, weil er seinen Dicken nicht überstrapazieren wollte. Das fand ich sehr lieb von ihm, besonders wenn ich manchmal sah, wie andere Jungs mit ihren Pferden umgingen. Trotzdem – für keinen Moment konnte ich mir vorstellen, mit Simon zusammen zu sein.

Als ich mit dem Fahrrad nach Hause fuhr, glitzerten am

Himmel die Sterne wie Diamanten auf dunkelblauem Samt, und ich dachte, dass es ein wunderbares Jahr werden würde, voller erfolgreicher Turniere, und vielleicht bekäme ich sogar eine Ausbildungsstelle bei dem besten Reiter und Ausbilder weit und breit, einem mit mindestens nationalem Ruf, und jeder Stern schien einen weiteren Höhepunkt in diesem Jahr vorauszusagen.

KEMPER

Damals waren wir an einer Sache dran. In einer der kleineren Moscheen in Düsseldorf, die normalerweise von liberalen Muslimen besucht wurde, war ein Prediger aufgetaucht, der zuvor schon in Berlin auffällig geworden war. Genaues wussten wir nicht, aber so war es immer am Anfang. Es konnte eine „heilige Sache" sein, sozusagen, und ich hatte Angst davor. Das zumindest ging jetzt: Angst haben, immer und immer Angst haben, und ich machte Witze darüber, um diese Angst nicht zu spüren.

Ich meinte, Littkens zu hören, deshalb beherrschte ich mich jetzt für ein paar Minuten, nahm den Kopf hoch und langte nach dem ersten Aktenordner. Ich ließ ihn aufschnappen, schlug ihn in der Mitte auf und blätterte ein paarmal die Seiten vor und zurück. Wieso kam Littkens denn nicht endlich an meiner Tür vorbei, damit ich mit dem Theater wieder aufhören konnte?

Einige eng beschriebene Blätter waren mittels eines roten

Heftstreifens zusammengefasst, und ich nahm sie aus dem Ordner heraus, so als würden sie etwas Besonderes sein. Dann schlug ich den Ordner wieder zu und zog einen anderen an mich heran.

Endlich stand Littkens an meiner Tür, mit fragendem Blick, wie immer, und als ich nickte, kam er herein und nickte zurück, so als würden wir in unseren Köpfen irgendwelche bedeutsamen Gedanken nachwippen lassen, aber in Wirklichkeit wollte ich ihn anschreien oder ihn zumindest fragen, warum ich vor über einem Jahr dieses Auto steuern musste, Himmel, mich traf keine Schuld, ein ganz normaler Verkehrsunfall, und würde man die Menschen, die bei Verkehrsunfällen und die, die durch terroristische Anschläge starben, zählen und vergleichen, dann würde man vielleicht den Verkehr verbieten und dem Islamismus in Deutschland weniger rigoros entgegentreten. Irgendwo hatte ich diesen Schwachsinn gelesen, und das war der Gedanke, den ich im Kopf hatte, während sich auf Littkens fleischigen Lippen die ersten Wörter formten. Er zögerte beim dritten Wort, sah mich an, wie ein Jagdhund vielleicht seinen Herrn ansehen würde, ich nickte und gab damit die Jagd frei. Was tat ich nur, und warum? Aber was wusste ich schon? Ich war jemand, der sich schon anstrengen musste, um nicht zu glauben, dass zu Hause keine Tote auf ihn wartete.

„Da machen wir jetzt Ernst, oder?", fragte er und ich nickte wieder, klopfte auf die Akten, als hätte ich tatsächlich kapiert, wovon er sprach.

Für einen Moment hob sich der schwere Mantelstoff des Todes, und mir wurde klar, dass ich gerade einen Einsatzbefehl gegeben hatte, ohne auch nur die geringste Ahnung zu haben, worum es genau ging, aber jetzt konnte ich auch nicht mehr zurück, und Littkens fing wieder an zu nicken, und ich nickte einfach mit.

Wir brauchten Quellen, lebendige Quellen. Das war der nächste Schritt. Jemanden, der nahe genug dran war und sich mit ein bisschen Geld überreden ließ. Den würden wir schon finden, hoffte ich zumindest, während ich Littkens' Hinterkopf betrachtete. Endlich schob er sich aus meinem Büro, und ich war allein.

Ich schlug den zweiten Ordner auf. Er enthielt Flugblätter, Fotos und anderen Kram, teilweise war dieser Müll bei Demos gesammelt worden, die Ränder der Seiten waren vom winterlichen Nieselregen gewellt und abgegriffen, durch wer weiß wie viele Hände waren sie gegangen, und irgendjemand – wahrscheinlich Littkens selbst – hatte gedacht, das Zeug auf diesen Zetteln könne von Belang sein.

Ich betrachtete ein Foto des neuen Heilsverkünders aus Berlin. In seinem Blick lag eine Klarheit, nach der ich mich selbst seit Monaten sehnte, und ich konnte verstehen, wie man sich zu diesem Mann mit dem schmalen Gesicht hingezogen fühlte. Außerdem verspürte ich Neid. Für ihn war alles ganz einfach, dachte ich, der Tod war ihm kein unfassbares Geheimnis. Für ihn ging's dann ins Paradies, wo er angemessen für seine Taten belohnt werden würde. Er war sich wahrscheinlich seiner heiligen Sache so sicher, dass er das, ohne mit der Wimper zu zucken, auch seinen Schülern erzählen konnte.

Er hieß Mohammad, entnahm ich dem Flugblatt. Sicher ein Tarnname. Aber ich spürte nicht wie früher den Drang, nach dem richtigen Namen zu suchen – wahrscheinlich hatte Littkens das längst getan, und ich würde den Namen irgendwo in diesen Akten finden. Es ging mal wieder um den inneren Dschihad. Den Kampf mit sich selbst, die Anstrengung, wahrscheinlich würde Littkens das Wort Dschihad so übersetzen, ein guter Moslem sein, blabla. Ich hatte das alles schon gelesen, hundertmal, tausendmal, und ich hatte keine Lust mehr dazu.

Ich nahm die Brille ab und überlegte, ob ich die ganze Sache noch umbiegen konnte, Himmel, vielleicht gerieten wir nur an einen alten weisen Mann, der wirklich wusste, was es mit dem Tod auf sich hatte und wie man mit diesem Wissen weiterleben konnte. Und während wir alle unsere Einsatzkräfte auf einen harmlosen Alten konzentrierten, fackelten irgendwelche anderen Fanatiker nicht lange und legten eine Bombe im Kölner Rosenmontagszug.

Aber um das zu entscheiden, hätte ich diese ganzen Akten lesen müssen, dazu die exegetischen Notizen von Littkens, die Ausdrucke und Protokolle von dieser Neuen, dieser IT-Frau. Wie hieß sie noch mal? Und wo war sie überhaupt? Egal, ich wollte das gar nicht wissen. Jedes Wissen legte sich wie eine weitere Staubschicht auf meine Gedanken, und in Wirklichkeit wollte ich nur an Uta denken und keine Entscheidungen treffen. Svenja, meine

Schwester, hatte mehrmals gefragt, ob sie kommen solle und mir beim Ausräumen helfen: Mäntel, Jacken, Hosen, Kleider, die ganzen Schuhe, die Winterstiefel, was sollte damit passieren, und so ging es doch nicht weiter, ich müsse doch, sagte sie und machte dann eine Pause, und dann sagte sie alles, was man wohl in einem solchen Fall sonst noch sagt. Ich nahm noch mal das Flugblatt mit dem Foto in die Hand.

Dann sollte er es eben sein, dachte ich. Ich spürte den Tod wie einen alten Bekannten. Sein Gewicht lag auf meinen Schultern und fühlte sich dort wohl.

MAX

„Ich nehm eine große Pommes", sagte Adil sofort.

„Sonst nichts?"

„Nee, lass mal."

„Aber die Burger sind doch mit Rindfleisch. Das kannst du doch essen, oder?" So viel wusste ich von türkischen Essgewohnheiten.

„Sie legen es zusammen mit Schwein auf den Grill", erklärte Adil. „Nur eine große Pommes."

„Sind deine Eltern so streng?", fragte ich, nachdem wir uns gesetzt hatten.

Ich dachte an die ayurvedischen Essensvorschriften, die mein Vater für uns ausgetüftelt hatte und nach denen wir uns ernährten. Ich hatte zum Beispiel zu wenig *Kapha*, was auch immer das bedeutete, und deshalb sollte ich nichts Frittiertes oder scharf Angebratenes essen. Im Burger King war ich genau richtig.

Adil schnalzte, als sei das Antwort genug.

„Sie verkaufen sogar Schwein."

Ich biss von meinem Burger ab.

„Die ganzen Lakritze und Fruchtgummi, das ist alles Schwein."

Ich muss verständnislos geguckt haben, denn er fügte hinzu: „Sie haben einen Kiosk."

„Aha."

Er knabberte ein verbranntes Kartoffelstäbchen.

„Aber du bist strenger mit dem Essen", stellte ich fest. „Als deine Eltern, meine ich."

„Ich versuche, die Regeln einzuhalten, ja."

„Und du bist so richtig strenggläubig?", bohrte ich nach. Ich kaute das letzte Stück von meinem Burger und spülte es mit Cola runter.

„Ist es nicht immer so, dass entweder alle Regeln gelten oder keine?", fragte er zurück. „Wenn ich nur mache, was mir gerade in den Kram passt, dann ist das doch sinnlos, oder?"

Später gingen wir durch den Hauptbahnhof zu unserem Gleis, und ich fragte mich, wie Adil das alles hier wahrnahm: diese ganzen schlecht gelaunten Leute mit ihren Hackfressen, die ihre Fahrkarten oder ihr Gleis suchten und ihre Rollkoffer hinter sich herzogen, die Anzugträger, die auf den nächsten ICE warteten, und die Pendler mit ihren Taschen und Rucksäcken, in denen sie ihr Mittagessen und eine Zeitschrift für den Zug transportierten, und die ganzen Geschäfte in der Passage und der ganze Krimskrams, den sie anboten. Wieso sollte das irgendeinen Sinn ergeben? Ich hasste das alles einfach nur.

„Du glaubst nicht?“, fragte Adil, und ich tat so, als hätte ich es nicht gehört, denn ich wollte mit keinem über meine Mutter reden, und das hätte ich vielleicht gemusst, um es richtig zu erklären.

Nach ihrem Krankenhausaufenthalt ging es ihr langsam besser. Sie kam nach Hause, nahm ihre Medikamente, sie konnte sogar wieder arbeiten. Als Therapeutin, so wie früher, ohne Witz, und sie hatte sogar ein paar Klienten, die sich von ihr bemitleiden ließen. Es ging bergauf und weiter bergauf mit ihr. Und dann passierte etwas, was so abgefahren ist, dass ein Gott echt nicht gut dabei aussieht.

Meine Mutter wurde vor etwa fünf Jahren *erleuchtet*. So nennt sie das ganz ernsthaft. Seitdem fließt die Energie von Engeln durch sie hindurch, und meine Schwester Paula und ich müssen sie Eirená nennen, obwohl sie eigentlich Ulrike heißt.

Die Zeit, in der sie depressiv im Bett lag, zuerst zu Hause und dann in der Geschlossenen, nennt sie inzwischen *die Zeit der Prüfung*.

Bei uns änderte sich alles. Neben all der Engelsenergie floss plötzlich vor allem sehr viel Kohle durch die heiligen Hände meiner Mutter und blieb da auch hängen. Es gibt ja so viele Leichtgläubige, so viele Verzweifelte, so viele Idioten. Und ein Gott, wenn es einen gäbe, würde sich bepissen vor Lachen. Aber das alles konnte ich Adil nicht erzählen, während wir im Zug nebeneinandersaßen. Sie war meine Mutter, sie war eine Betrügerin, und trotzdem, manchmal, wenn sie nach einem langen Tag mit Händeauflegen und sonstigen Lügen ins Haus kam und sich schwer in den Wohnzimmersessel setzte, dann wollte ich mich an sie kuscheln so wie früher und gleichzeitig wollte ich sie schlagen, damit sie endlich mit dem ganzen Scheiß aufhörte.

KEMPER

„Diese Sache, Düsseldorf", fing Littkens an. „Wir hätten dort einen interessanten Ansatzpunkt."

„Aha", machte ich, um Interesse zu heucheln.

„Du warst an der Uni doch beim Ring Christlicher Demokratischer Studenten, oder?"

„Das ist ewig her." Der RCDS? Und woher wusste Littkens davon?

„Sagt dir der Name Burak Altuntas was?"

„Nein", sagte ich, doch einen Wimpernschlag später nickte ich schon. Burak Altuntas kam durch den Nebel der Zeit auf mich zu. Zuerst sah ich nur seinen Umriss, dann hörte ich seine Schritte auf dem Mittelgang des alten Hörsaals XXIV des Hauptgebäudes der Kölner Uni, in dem unsere studentenpolitischen Debatten stattfanden. Ich sah, wie er ans Rednerpult trat und einen Bericht des Allgemeinen

Studierendenausschuss vorlas. Burak war mal Vorsitzender des AStA für die Juso-Hochschulgruppe gewesen. Ein schmaler, immer lächelnder Kerl, der auf Kompromiss und Ausgleich aus war und den ich nicht besonders gemocht hatte.

„Er geht in diese Moschee, bewegt sich wahrscheinlich sowieso schon im Umkreis von Mohammad. Perfekt“, sagte Littkens.

Er ließ eine dünne Akte auf meinen Schreibtisch fallen. „Kümmerst du dich darum? Ausnahmsweise?“

„Ich habe ihn vor zehn Jahren das letzte Mal gesehen“, sagte ich noch, aber ich spürte schon, wie diese Geschichte auf mich zukam wie eine dunkle Gewitterwand.

„Altuntas wäre unser Mann, wahrscheinlich nicht im innersten Kreis, aber vielleicht nah genug.“ Er tippte auf die Akte. „Lies mal.“

Ich nickte, machte aber keine Anstalten, die Akte aufzuschlagen.

„Wir können uns keine Fehler erlauben, keinen einzigen mehr.“

Wie er es sagte, wurde mir klar, dass er meine Arbeit in den letzten Monaten meinte, und vor allem, dass er dachte, er könne sich ein Urteil darüber erlauben.

Nachdem er aus meinem Büro verschwunden war, betrachtete ich noch einmal das Foto von Mohammad, bevor ich nach Hause ging. Sein Blick wirkte beruhigend auf mich, so als wisse er wirklich etwas über das Leben und über den Tod, und ich beneidete ihn um dieses Wissen. Ich steckte das Foto zurück, schaltete den Computer aus und hängte mir den Mantel um. Die Notizen über Burak Altuntas ließ ich unberührt auf dem Schreibtisch liegen.

Später tat es mir leid, die Akte nicht mitgenommen, nicht mal aufgeblättert zu haben. Uta war im RCDS gewesen, und ich hatte auch mitgearbeitet, aber nur sporadisch, schließlich hatte ich ein anspruchsvolles Studium zu absolvieren, nicht wie die von der Philosophischen Fakultät, die anscheinend Tag und Nacht Zeit hatten, in linken Studentengruppen ihre revolutionäre Politik voranzutreiben.

Vielleicht erinnerte Burak sich an Uta. Vielleicht würde er über sie reden, so als sei sie lebendig, denn er konnte ja nicht wissen, was mit uns passiert war. Und gleichzeitig war er mir unheimlich. Zum ersten Mal seit Langem wollte ich wieder eine Akte lesen. Wie kam ein ehemaliger Juso in eine Moschee?

ADIL

„Du kommst spät", sagte meine Mutter. Sie stand hinterm Tresen und rätselte an einem Sudoku herum. Sie hatte wieder diese Falten von den Nasenflügeln zu den Mundwinkeln, die nur manchmal da waren, wenn sie den ganzen Tag gearbeitet hatte und im Licht der Neonleuchten im Kiosk stand.

„Ich war beten." Ich versuchte meine Stimme sanft klingen zu lassen, aber es gelang mir nicht besonders gut.

„Ich musste die ganzen Getränkekisten alleine reinholen."

„Tut mir leid."

Ich fragte lieber nicht, wo mein Vater war.

„Die ganzen Kisten, weißt du, wie mir der Rücken brennt?", machte sie weiter.

„Du hättest warten können!" Ich wollte meine Mutter eigentlich nicht anfauchen, aber es kam einfach so aus meinem Mund.

Sie schüttelte den Kopf über mich, und weil sie die Lippen zusammenpresste, wurden ihre Falten noch tiefer.

„War er auch wieder da?", wollte sie dann wissen.

„Wer? Mohammad? Ja, klar war er da."

„Mir gefällt er nicht, und seine beiden Jungen gefallen mir auch nicht."

Ich nahm mir eine kalte Cola aus einem der hell beleuchteten Kühlschränke und ließ den Verschluss zischend aufspringen.

„Karim und Yusuf? Die sind in Ordnung." Die kalte Cola tat gut.

„Oben haben wir Cola vom Lidl. Die schmeckt genauso."

„Ich trinke aber lieber die echte."

„Wir müssen sparen", sagte sie so, als könnte ich etwas dafür. Dabei wussten wir beide, wie es in Wirklichkeit war. Der Kiosk warf nicht wirklich viel ab, wenn man mal ausrechnete, dass meine Mutter einen Zwölf-Stunden-Tag darin hatte, und das meiste Geld trug mein Vater in das Hinterzimmer des türkischen Kulturvereins. Dort spielten sie nächtelang Karten. Um Geld, um richtig viel Geld. Ich wusste, also eigentlich hoffte ich, dass es bloß Geschichten waren, aber ich wusste von Männern, die dort Tausende von Euro verloren hatten. Doch meine Mutter beschwerte sich nie, und was sollte ich sagen? Er war mein Vater. Ich nahm noch einen Schluck von der Cola, aber irgendwie schmeckte sie jetzt klebrig.

Einer von den stinkenden Pennern, die immer bei uns Bier holten, strolchte herein. Er reichte meiner Mutter wortlos eine Tüte voller Pfandflaschen.

„Die sind aber nicht alle von uns", sagte sie.

„Der REWE nimmt die nicht!"

„Wir eigentlich auch nicht", mischte ich mich ein.

Er murmelte etwas Unverständliches, aber ich meinte, etwas da herauszuhören.

„Was haben Sie gesagt?", fragte ich bei dem Stinker nach. „Muselmänner und was?"

„Hör auf!" Meine Mutter sah mich warnend an, während sie Kleingeld aus der Kasse nahm und es dem Penner in die schmutzige Hand drückte. „Ich mache das hier schon."

KEMPER

Noch bevor der Morgen anbrach, begann es zu regnen, und als ich zum Bahnhof ging, sog sich mein Mantel mit Wasser voll und wurde schwer und klamm. Die Wolken hingen tief über den flachen Feldern, und es schien, als würde es gar nicht heller werden. Ich hatte mit Burak einen frühen Termin gemacht, angeblich, weil ich sowieso gerade in Düsseldorf war und seinen Namen gefunden hatte, als ich alte Unterlagen wegwarf.

Ich zögerte, bevor ich ihm von Uta erzählte, und ich schämte mich, als ich aus Buraks Worten echte Anteilnahme heraushörte. Wir duzten uns, weil wir das an der Universität getan hatten, und das behauptete eine Nähe, die ich zu ihm nicht empfand und nicht empfinden wollte.

Aber natürlich gehörte es zu meinem Auftrag, diese Nähe zu erhalten, mehr noch, ich musste ein Netz aus Erinnerung, Freundschaft und Vertrauen weben, in dem Burak sich verfangen sollte. Ich musste ihn mögen, denn nur dann würde er mich auch mögen.

Fast wäre ich an dem Café, in dem wir uns verabredet hatten, vorbeigelaufen, und ich bemerkte erst im letzten Moment, dass jemand an die Scheibe klopfte. Buraks Gesicht leuchtete hinter dem beschlagenen Glas.

Das Café war so gut wie leer und schlecht geheizt, nur an dem Fenster, an dem Burak saß, stand ein kleiner Elektroofen und verbreitete eine ungesunde Hitze. Leise Musik dudelte, es musste sich um ein Radio handeln, denn als die Bedienung uns unsere Bestellung brachte, kamen die Neun-Uhr-Nachrichten.

„Schlechtes Wetter für den Urlaub“, sagte ich und biss in den Käsetoast. Ich hatte ein paar Fotos eingepackt, auf denen der etwa fünfundzwanzigjährige Burak umringt von anderen kostümierten Studenten abgebildet war. Der AStA hatte eine *Star-Wars*-Nacht veranstaltet. Die alten Fotos holte ich jetzt aus der Innentasche meines Jacketts und zeigte sie ihm.

„Und deine Arbeit? Was führt dich nach Düsseldorf?", fragte er dann.

„Du", sagte ich einfach. Es war besser, wenn ich die Wahrheit sagte. Mein Vertrauen gegen seines, das würde meine Taktik sein. Er schien mir genauso vermittelnd und gleichzeitig unverbindlich wie früher. Ich musste jetzt über meine Arbeit reden, über die Sinnhaftigkeit, an die ich selbst nicht mehr recht glaubte. Ich beendete meinen Vortrag mitten in einem Satz, weil ich meinte, dass Burak nicht mehr zuhörte.

„Dann stimmt das, was man mir erzählt hat? Du bist auf der dunklen Seite der Macht?", fragte Burak. Er wirkte eher amüsiert und tippte auf ein Foto, auf dem ein als Darth Vader kostümierter zu sehen war.

Dann nahm er noch einen Schluck von seinem Kaffee, und ich tat es ihm nach, weil es für ein solches Gespräch immer wichtig ist, einen Gleichklang zwischen den Gesprächspartnern herzustellen.

„Um wen geht es denn?", fragte Burak. Er war nur neugierig, diese Frage war in keiner Weise eine Einwilligung. Ich musste erst sein Vertrauen gewinnen und deshalb aus der Deckung gehen.

„Du besuchst doch manchmal die Moschee an der Tannerstraße, oder?"

Burak zuckte mit den Schultern.

„Manchmal, freitags, ja."

„Und?“, fragte ich.

Als Burak den letzten Schluck aus seiner Tasse trank, machte ich es ihm diesmal nicht nach, sondern sagte: „Wir haben gehört, dass sich dort einiges verändert hat.“

„Viele Araber in letzter Zeit.“ Burak stellte seine Tasse hin und suchte nach seinem Portemonnaie. Aber er konnte mich nicht täuschen. Dadurch, dass er mir diese kleine Information gegeben hatte, zeigte er schon, dass er besorgt über diese Entwicklung war.

„Dieser Araber?“, fragte ich nach und zog unter den Fotos von der *Star-Wars*-Nacht das Bild von Mohammad hervor. Vielleicht war ich ein bisschen zu schnell, denn Burak presste die Lippen zusammen.

„Darüber wollen wir mehr wissen“, sagte ich. „Ich meine, du warst doch immer …“ Ich verstummte.

„Was?“, fragte Burak.

„Ich bitte dich nur darum, aufmerksam zu sein. Mit ihm hier.“ Ich tippte noch mal auf das Foto. „Und dass ich dich ab und zu treffen kann.“

„Hm“, machte Burak. Wir schwiegen beide.

Ich stand auf, einen Zwanzigeuroschein schon in der Hand, um Burak einzuladen. Der nasse Mantel hing schwer über meinem Arm.

„Ich melde mich“, sagte ich.

„Ja, tu das“, sagte Burak leise, und ich erkannte daran nicht nur, dass er mitarbeiten wollte, sondern dass er sich wirklich Sorgen machte. Er hatte nicht mal nach Geld gefragt.

PAULA

„Ist Max da?“, fragte Adil. Es musste dieser Adil sein, mit dem Max neuerdings immer rumhing, auch wenn er ganz anders aussah, als ich ihn mir vorgestellt hatte.

Es war Samstagmorgen. Mein Vater und Eirená machten einen Energie-Workshop irgendwo im Bergischen, und Max war auf dem Weg zur Bäckerei. Normalerweise lag er um diese Zeit noch im Bett, und ich hatte mich schon gewundert.

„Er kommt gleich, ist nur Brötchen holen“, sagte ich und hielt Adil die Haustür auf. Mir wurde bewusst, dass meine Beine in der alten karierten Reithose steckten, die ich seit mindestens einer Woche trug. Meine dicken Waden und Oberschenkel zeichneten sich immer unschön durch den dünngewaschenen Stoff ab.

Der Kaffee war bereits durchgelaufen. Ich deckte den Tisch, schnitt Gurken und Tomaten auf, rührte Quark mit Kräutern an und presste Blutorangen aus.

Adil nahm zunächst nur den Kaffee, und als ich mich zu ihm setzte, sagte ich, doch, Max würde gleich kommen. Adil nickte und beobachtete mich über den Rand der Tasse hinweg. Er hatte einen ganz weichen Ausdruck in den Augen, und plötzlich konnte ich diesen Blick kaum aushalten und stand noch mal auf, um Salz für die Tomaten zu holen.

Ich traute mich nicht, nach der Prügelei im Zug zu fragen. Es war nichts Neues, dass Max in so etwas verwickelt war, aber das erste Mal, dass ich es verstehen konnte. Ich war sogar ein bisschen stolz darauf, dass er – als Einziger – eingegriffen hatte.

Adil trank noch einen Schluck. Er senkte seine langen Wimpern, und deshalb riskierte ich doch noch einen Blick in sein Gesicht. Als er mich wieder ansah, schaute ich schnell weg und kippte mir viel zu viel Salz auf das Tomatenbrot. Ich biss ein Stück ab und würgte es herunter. Mir fiel auf, wie laut ich schlucken musste, und ich traute mich nicht, einen Schluck Saft zu trinken.

Wir hörten Max an der Haustür, dann seine Schritte und das Rascheln der Brötchentüte.

„Merkst du eigentlich nicht, dass du nach Gaul stinkst?“, fragte er mich als Erstes.

Mir wurde ganz heiß.

„Ich riech nichts“, sagte Adil sofort und lächelte charmant. Er sah dermaßen gut aus.

„Die stinkt immer so!“, kartete Max nach.

Normalerweise wäre ich jetzt laut geworden, aber meine Kehle war immer noch ganz trocken. Vielleicht von dem vielen Salz.

„Komm, mach dir ein Brötchen, dann gehen wir in mein Zimmer!“, sagte Max.

Viel zu schnell verschwand Adil hinter Max’ Zimmertür, und ich versuchte, irgendwas zu denken, aber ich konnte gar nichts denken, außer dass es in meinem Bauch rumorte.

Das war also Adil, den ich mir klein und irgendwie hilflos vorgestellt hatte, dachte ich, als ich später zum Stall radelte. Er war groß und schlank, und es war etwas um ihn herum, was nur ein Zauber sein konnte, irgendetwas Ruhiges und gleichzeitig Gefährliches, sodass ich ihm nicht mal ins Gesicht schauen konnte, ohne rot zu werden.

Tonka wuselte um meine Beine herum, als ich mein Fahrrad abschloss.

„Aus, Tonka!“, rief ich, und meine Stimme klang irgendwie belegt.

Lara und Simon saßen im Casino und beugten sich über die neue *Rheinlands Reiter und Pferde*, die Zeitschrift vom Verband. Sie bastelten an einem Turnierplan fürs Frühjahr.

Simon lächelte mich strahlend an. Dachte er etwa immer noch an neulich Abend?

„Hat Bernd schon mit dir gesprochen?“, fragte Lara.

„Worüber?“, fragte ich.

„Bei Röder ist eine Ausbildungsstelle frei. Bernd hat mich gefragt, ob ich mir das vorstellen könnte.“

Ich musste schlucken.

„Ja, hat er mir auch gesagt.“ Ich sagte das leichthin, so als wäre das nicht wichtig. Dabei hatte ich das so verstanden, als sei das ein Angebot nur für mich gewesen.

„Und? Hast du die Bewerbungsunterlagen fertig?“

„Ich kümmere mich darum, klar.“

„Also, ich weiß nicht“, sagte Lara.

„Wieso? Bei Röder zu lernen? Was Besseres kann einem doch gar nicht passieren.“

„Aber das ganze Leben lang Boxen auszumisten und für fremde Leute Pferde zurechtzureiten?“ Lara nahm einen Schluck aus ihrer Flasche. „Das wäre nichts für mich.“

Ich ging zum Automaten und zog mir eine Apfelschorle. Dann verließ ich das Casino wieder, ich hatte noch zwei Pferde zu versorgen.

Simon kam hinter mir her.

„Was machst du denn heute Abend?“, fragte er. „Wir könnten ins Kino gehen.“

„Nein“, sagte ich, während ich das Sattelzeug holte. „Das … das letztens war nur ... jedenfalls nicht so, wie du denkst.“

KEMPER

Svenja gab mir einen gehauchten Wangenkuss. Sie küsste mich so, seit Uta tot war, und ich wusste, es war irgendwie lieb gemeint.

Mein Neffe Tom war mit seinen kleinen, aber zielgerichteten Schrittchen ins Wohnzimmer gelangt und stand nun dort, wo er immer zu stehen pflegte: An der Tür zur Terrasse drückte er seine fettig glänzende Stirn gegen das Glas, und seine Augen waren rund und undurchsichtig wie zwei Murmelsteine.

Svenja achtete nicht weiter auf ihren Sohn, vielmehr strich sie nur für sie sichtbare Fusseln von meiner Schulter und umarmte mich nochmals.

„Komm schon, setz dich!“, sagte ich. „Ich habe den Tee fertig.“

„Wir werden uns trennen, Stefan und ich“, sagte sie, noch bevor ich uns Tee eingegossen hatte. Stefan war ihr Mann.

„Er schaffe es nicht, sagt er. Nicht auf Dauer.“ Sie suchte nach einem Taschentuch.

Ich schob ihr den Teller mit den Keksen hin.

„Die sind lecker!“, sagte ich. „Nimm doch einen!“

Svenja putzte sich die Nase.

„Und jetzt?“, fragte ich, und an der weißen Wand hinter meiner Schwester sah ich bereits, was auf mich zukam: Svenja, die Möbel, Bücherkisten und Umzugskartons in mein Haus trug, Tom, der den Platz an der Glastür des Wohnzimmers nicht mehr verlassen würde, so als sei er dort festgewachsen, und schließlich mich, wie ich von der Arbeit kam, und statt in ein Haus zu kommen, in dem alles noch so aussah, als würde Uta gleich zurückkommen, stände meine Schwester in der Küche und ich würde über Toms Spielsachen stolpern. Das wollte ich nicht, auf keinen Fall.

„Ich kann Tom nicht ändern, verstehst du?“

„Hör auf, so zu denken!“

Sie schnaubte.

„Ich bin so wütend, du kannst dir gar nicht vorstellen, wie wütend ich auf Stefan bin! Er ist Vater, man kann sich doch nicht einfach aussuchen, ob sein Kind behindert ist oder nicht. Er ist doch der Vater!“

Ich schaute zu Tom hin, der immer noch an der Fensterscheibe stand. Ein IC raste mit einem rhythmischen Womm-Womm-Womm vorbei. Ich zog die Gardine zurück und drehte am Knopf der Terrassentür. Es dauerte etwas, bis Tom begriffen hatte, dass er ein paar Schritte zurückgehen musste, damit ich die Tür öffnen konnte. Draußen war es diesig und kalt, ein typischer rheinischer Wintertag. Für einen Moment sah Tom nach draußen, so als könnte er nicht glauben, dass die gläserne Sperre nicht mehr vorhanden war, dann machte er einen Schritt auf die Terrasse und dann noch einen.

Die üblichen Geräusche kündigten den nächsten Zug an, und er stolperte mehr, als dass er lief, bis zum Gartenzaun.

„Ihr könnt ja hier wohnen", hörte ich mich sagen, und ich bereute es sofort. „Das Haus ist sowieso zu groß für einen allein."

ADIL

Die Pfandflaschen im Kellerraum rochen immer nach süßlich Verdorbenem. Ich stapelte eine weitere leere Kiste auf und versuchte, ganz flach zu atmen. Bierkästen waren am schlimmsten. Warum warfen Leute immer ihre Kippen hinein? Das musste doch schon bei denen in der Wohnung anfangen zu stinken. Dass die sich nicht schämten, meiner Mutter so etwas in die Hand zu drücken.

Ich würgte mehrmals und war froh, als ich endlich fertig war.

Oben stand ein schmales Mädchen in Reithosen vor dem Chipsregal und drehte mir den Rücken zu. Ihre Haare waren unter ihrer Strickmütze verborgen.

„Hallo?“, fragte ich mehr, als ich grüßte. „Was machst du denn …“

Das Mädchen drehte sich um und musterte mich. Es war nicht Paula.

„Kennen wir uns?“, fragte sie von oben herab.

„Nur eine Verwechslung“, sagte ich.

„Da träumst du nur von“, erwiderte das Mädchen so, als sei ich an ihr interessiert. Dann griff sie sich eine Tüte Ungarische Paprika.

Sie sah ja nicht mal halb so gut aus wie Paula. Ich zählte ihr akkurat das Wechselgeld hin.

Immer noch hatte ich den Geschmack von etwas Faulem im Mund, deshalb ging ich kurz vor die Tür und holte ein paarmal tief Luft.

Als ich wieder hereinkam, sah ich gerade noch, wie mein Vater ein paar rostrote Geldscheine in seine Hosentasche steckte wie verknüllte Taschentücher.

„Was machst du da?“, fragte ich, obwohl diese Frage gar keinen Sinn ergab. Ich sah ja, was er tat.

„Ist heute nicht Freitag?“, fragte er aggressiv zurück. „Warum bist du nicht beim Beten?“

„Ich arbeite hier“, sagte ich.

„Quatsch. Du spionierst mir hinterher. Gib's zu!“

„Ich war die ganze Zeit im Keller.“

„Wie du es die ganze Zeit schon tust.“ Er nahm das Geld

noch mal aus seiner Tasche, strich die Scheine glatt, einen nach dem anderen und grinste mich dabei an.

„Mein Geld, verstehst du? Und ich muss mich nicht dafür rechtfertigen, wenn ich es nehme."

„Kein Problem", sagte ich.

„Und vor dir schon gar nicht!" Er rückte nahe an mich heran, und ich wollte nicht riechen, dass er getrunken hatte.

„Aber es ist …"

„Lauf nur los, und erzähl deinen Brüdern, was dein Vater tut." Er schubste mich in Richtung Ausgang.

Als würde ich ihn verraten! Niemals würde ich erzählen, was er mit unserem Geld machte, wie viel er trank, dass er immer eine angebrochene Flasche Raki im Kühlschrank stehen hatte und wie er liebevoll über das tiefrote Etikett strich, bevor er sich einschenkte. Sogar Onkel Burak hatte ich angelogen, als er mich fragte, warum meine Mutter sich schon wieder Geld von ihm lieh.

Ich nahm meine Jacke und fuhr zur Moschee. Ich war spät, und der Gebetsraum war voll wie an jedem Freitag. Die meisten waren alte Männer, aber vereinzelt sah ich Jungs in meinem Alter. Yusuf war zwei Plätze neben mir. Die Augen geschlossen, ganz auf das Gebet vorbereitet.

Ich dachte an meinen Vater und daran, dass er hier nie herkam. Ich dachte an Onkel Burak und daran, dass er mich hierhergebracht hatte. Ich dachte an Paula, ich dachte daran, dass meine Mutter schon wieder Geld brauchte, ich dachte tausend Gedanken, doch dann hob ich meine Hände bis zu den Schultern und begann zu beten. Trotzdem waren die anderen Gedanken noch da, so wie ein Radio, das immer noch spielt, doch je länger ich betete, desto leiser wurde das Gedankenradio, desto weniger grübelte ich, desto leichter und heller wurden meine Gedanken, mein Atem kam gleichmäßig mit jeder Silbe aus meinem Mund, und als ich dann betete, dass es keine Macht und keine Kraft außer Allah gäbe, da fühlte ich plötzlich, wie klein ich war und wie groß unser Gott und dass er sich meiner Sorgen annehmen würde, besser als ich es je tun konnte. Ich musste ihm nur alles anvertrauen.

MAX

Der Zug fuhr wieder an. Der nächste Halt war Benrath, Adil würde dort aussteigen, und mir würde nichts übrig bleiben, als allein über die Sinnlosigkeit der Welt nachzudenken.

„Hast du Freitag Zeit?", fragte er.

Ich nickte.

„Imam Mohammad, ihn solltest du kennenlernen. Der kann das alles besser erklären."

„Was?", fragte ich.

„Worüber wir uns unterhalten haben. Du weißt schon … unseren Glauben."

Ich schüttelte den Kopf und sah Adil dabei nicht an.

„Interessiert dich nicht?", fragte Adil.

„Nicht wirklich."

„War nur ’ne Einladung.“

Ich schüttelte noch mal den Kopf, aber ich kam mir dabei mies vor. Als würde ich ein Geschenk zurückweisen.

„Wie soll das hier sinnvoll sein?“, fragte ich deshalb. Ich meinte die schmutzigen Hochhäuser, an denen der Zug vorbeirollte, die immer gleichen, schlecht gelaunten Menschen, diese Arschgesichter, meine Mathearbeit.

„Genau das hier“, sagte Adil. „Darum geht es doch.“

Der Zug würde gleich in Benrath sein.

„Mal sehen, vielleicht“, sagte ich.

„Nach dem Freitagsgebet, ich ruf dich noch an.“

Die automatische Tür schloss sich hinter Adil.

Kurz darauf hielt der Zug im Düsseldorfer Hauptbahnhof, und ich hatte wie immer den typischen Geruch von verbranntem Käse und Urin in der Nase. Die Leute rannten durcheinander, jeder auf einem ganz bestimmten, vielleicht nur ihm bekannten Weg, und es kam mir wie ein Tanz vor, ein Totentanz.

Ich fuhr mit dem Bus nach Hause, wo mein Vater schon mit dem Abendbrot wartete, und genau wie ich gedacht hatte, gab es wieder irgendeinen Topf mit zusammengerührtem veganen Ayurveda-Pamp. Er trank bereits seinen speziellen Tee. Aus der Musikanlage kamen langsame, leise Klänge, die für ihn wahrscheinlich beruhigend waren, mich aber nervten.

Ich wollte schon in mein Zimmer gehen, da fiel mir die Mathearbeit ein und dass ich es ihm am besten sofort sagte.

Er schaute mich mit genau dem enttäuschten Blick an, den ich von ihm erwartet hatte: runde Augen, die Stirn ein bisschen gerunzelt, aber insgesamt bereit zu einem Gespräch.

Er zeigte mit einer kleinen Geste auf den Sessel ihm gegenüber.

„Nun", sagte er und blies in seinen Tee.

Er trug noch so etwas wie seine Arbeitskleidung als Energieleiter, ein knielanges Hemd, weit aufgeknöpft, darunter eine helle Hose und einen weichen Schal. Seine Füße steckten in dicken Socken und Sandalen. Er sah genauso aus, wie man sich einen echten Waschlappen vorstellte.

Ich sagte nichts. Ich fragte mich nur, wie lange diese Posse diesmal gehen würde, und bereute es schon, die Fünf in der Mathearbeit erwähnt zu haben.

Er trank einen Schluck, und mir war sogar sein Schlucken zuwider und der muffige Geruch des Kräutertees.

„Nun", sagte er noch einmal.

Ich erwartete, dass er von Nachhilfe anfing, oder zumindest davon, dass ich mehr lernen müsse, anstatt meine Zeit am Computer zu verdaddeln, irgendwas, was Väter sagen, wenn man eine Fünf geschrieben hat, und was er auch schon früher gesagt hatte.

„Ich spüre, dass dein Energiespeicher fast leer ist." Er sah mich mit einem Blick an, der normalerweise für die Klienten im Anbau reserviert war. „Fast leer, und das muss ein furchtbarer Zustand sein."

Ich wollte ihn fragen, ob er ernsthaft an diesen ganzen Energiequatsch glaubte, aber ich wusste die Antwort ja schon. Was wollte er? Sollte ich mich etwa zwischen diese hirnamputierten Versager setzen? Zwischen die irren Jünger von Eirená, denen man so leicht das Geld aus der Tasche ziehen konnte?

„Und denk mal an diese böse Sache im Zug. Du bist in deinem Zustand ein leichtes Opfer für dämonische Kräfte." Er nahm einen Schluck von seinem Tee.

Was wusste er denn? Wut, das war die Energie, die durch mich hindurchpulste. So etwas wie Hass, das zu fühlen war gut.

„Es gibt keinen äußeren Grund dafür, dass du jetzt so aggressiv bist."

„Ich sag doch gar nichts!" Am liebsten hätte ich ihm die Teetasse, aus der er gerade wieder einen Schluck nahm, in die Fresse gerammt.

„Hast du heute wieder Fleisch gegessen? Das solltest du nicht. Der Zorn, den die Tiere auf ihre Schlächter haben, wird auf dich übertragen."

Ich stand auf und ging in mein Zimmer, bevor mein Vater noch mehr von diesem Schwachsinn loswerden konnte, und telefonierte mit Adil.

KEMPER

Das Attentat traf uns völlig unvorbereitet. Da hatten wir Tausende von Leuten in unseren Karteien, Akten und unterschiedlichen Speichern in unterschiedliche Gefährdungsstufen eingeteilt, mit unterschiedlichem Aufwand beobachtet, mit Vermerken, Querverweisen und Einträgen versehen, und dann erschoss ein Einzeltäter an der amerikanischen Botschaft in Berlin zwei Männer vom Wachdienst und verletzte zwei weitere schwer.

Wir wussten *nichts*, wirklich nichts über ihn.

Ich hatte schon seit mindestens einer Stunde vor meiner geschlossenen Bürotür auffällig viel Laufen, Reden und Telefonklingeln gehört, aber ich beschäftigte mich stur mit einem Plan der Züge, die an meinem Garten vorbeifuhren.

Nun stürmte Littkens in mein Büro, die Augen schauspielerhaft aufgerissen und mit Schweißflecken unter seinen Armen. Erst jetzt öffnete ich folgsam die Nachricht auf meinem Bildschirm und kam mir dabei wie ein ertappter Schüler vor. Ich hatte meinen elektronischen Briefkasten heute noch gar nicht geleert, und er quoll über von Nachrichten, Anfragen und Begehren.

Natürlich war der Chef bereits unterwegs zu uns. Wir mussten uns auf einen Pressetext einigen, wir mussten jetzt aktiv werden, eine SoKo bilden, das Umfeld scannen, der ganz, ganz großen Bahnhof!

Ich ging hinter Littkens her ins Besprechungszimmer, das schon rappelvoll war. Vor meinem Platz stand ein großer Krug Wasser, und ich beobachtete den größten Teil der Sitzung durch diese Flüssigkeit gebrochen.

Littkens blähte sich wie ein balzender Auerhahn, wenn er mit unseren Mitarbeitern sprach, und machte sich klein, wenn er unserem Chef antwortete. Ich musste aufpassen, dass ich nicht grinste.

Nach der Besprechung bat mich der Chef in einem ruhigen, fast leidenden Ton in sein Büro.

Früher hatten wir das Büro immer „die Residenz" genannt, weil sie für einen absolutistischen Fürsten eingerichtet schien, mit einem Schreibtisch, der so groß und massiv war, dass man mühelos darauf die Ardennenoffensive hätte planen können.

Ich nahm Platz, bevor der Chef mich dazu aufforderte, und lockerte meine Krawatte. Er redete lange um den heißen Brei, schien darauf zu warten, dass ich ihn verstand, doch den Gefallen tat ich ihm nicht, ich bat ihn, genauer zu werden, obwohl ich längst kapiert hatte. Vielmehr hatte ich ein fast sadistisches Vergnügen daran, ihn über seine eigenen Sätze stolpern zu sehen, und dann war es endlich heraus. Sie würden die Leitung der Sonderkommission „Botschaft B" Littkens geben. Ich habe nach meinem persönlichen Schicksalsschlag zu sehr abgebaut, solle mal eine Weile aus der zweiten Reihe heraus arbeiten, mich schonen, bis ich „darüber hinweg" wäre.

„Gut", sagte ich. „Wahrscheinlich ist das die richtige Entscheidung."

Er wollte, dass ich ihm widersprach und um meinen Platz in der Hierarchie kämpfte, so wie er es bestimmt getan hätte.

„Aber mein Büro kann ich behalten, ja?", fragte ich.

Er nickte.

„Littkens ist ein guter Mann", sagte ich über meinen neuen Vorgesetzten.

Dann ging ich zurück in mein Büro, schloss die Tür, schubste die Maus an, um den Bildschirmschoner zu unterbrechen, und starrte dann auf den Schirm, der immer noch die erste Meldung vom Berliner Attentat zeigte. Später begann der Bildschirmschoner wieder mit seinem Muster. Erst kurz vor Feierabend fiel mir auf, dass ich mich seit Stunden kaum bewegt hatte.

MAX

Nach ihrem Gebet standen sie herum und palaverten, und ich spürte, obwohl sich keiner um mich kümmerte, dass sie mich, den Deutschen, beobachteten. Adil ging herum und gab zwei jüngeren Männern die Hand. Sie schauten nicht zu mir hin, aber ich war mir sicher, dass sie über mich sprachen. Adil winkte mich heran. Die beiden hießen Karim und Yusuf, waren Brüder, soweit ich es verstand, allerdings sprachen sich hier alle mit „Bruder" an.

Yusuf war etwas älter als wir, mit kompaktem Körper und einem etwas speckigen Gesicht. Karim sah ihm ähnlich, war aber größer. Ich schätzte ihn auf Ende zwanzig. Er trug ein rundes weißes Käppchen auf seinen kurzen schwarzen Haaren.

„Du bist das also, der Retter im Zug", sprach Yusuf mich an.

„War keine große Sache.“

„Du warst der Einzige, der mir geholfen hat“, widersprach Adil.

„Trotzdem“, sagte ich und machte eine Handbewegung, wie um die Erinnerung an diese Geschichte abzustreifen.

Ich hatte das Gefühl, dass auch Karim mich etwas fragen wollte, jedenfalls spürte ich seinen Blick auf mir. Ich wandte mich ihm zu und wartete. Er sagte aber nichts.

„Ich bin Max“, stellte ich mich noch mal vor und hielt ihm meine Hand hin. „Ich bin mit Adil hier“, erklärte ich weiter, obwohl er das ja schon wusste.

Ich wartete weiter darauf, dass er etwas sagen würde, doch er bewegte nur langsam seinen Kopf in eine andere Richtung.

Dann begrüßte Adil mit einem Nicken einen Mann um die vierzig, und der winkte ihn zu sich herüber. Mir kam es vor, als wolle Adil ihn schnell wieder loswerden, aber der Mann hielt Adils Arm fest. Zu zweit kamen sie zu mir. Ich stand an der weiß gestrichenen Wand, wie alle anderen in Strümpfen. Bevor ich mit Adil hierherkam, hatte ich gerade noch daran gedacht, sie zu wechseln. Ich wollte nicht nach alten Socken riechen.

„Wir sind hier noch nicht fertig“, sagte Adil abwehrend.

„Lass das mal ausfallen“, forderte ihn der Mann auf. Und dann sagte er etwas auf Türkisch.

Adil senkte den Kopf, so als müsse er nachdenken, dann machte er einen Schritt zurück.

„Dann also bis nachher“, sagte der Mann. Er gab erst mir,

dann Adil die Hand, wie um es zu besiegeln. Adil sah ihm nach, während er den Gebetsraum verließ.

Wir gingen hinter den wenigen her, die auf Mohammad warteten. Außer den Brüdern Karim und Yusuf waren da noch ein Junge, vielleicht gerade mal vierzehn, und ein Mann, der wahrscheinlich sein Vater war. Wie eben saßen wir auf dem Teppichboden, nun in einem Halbkreis um ein leeres Kissen herum, und meine Knie schmerzten davon.

Ehrlich gesagt war ich gespannt, wie er es mir verkaufen wollte. Ich hatte ja schon alles Mögliche erlebt, den katholischen Vikar in der Grundschule, der immer mit uns Fußball spielen wollte, und die ganzen Gurus, Lamas und Gesundbeter, mit denen meine Eltern bekannt waren. Eirená selbst, wenn sie eine neue Klientin hatte.

Dann kam der, auf den alle gewartet hatten, Mohammad. Er war viel kleiner, als ich mir vorgestellt hatte, wahrscheinlich würde er mir gerade an die Schulter reichen. Er setzte sich mit einem Seufzen und nickte uns nachdenklich zu. Alle wichen seinem Blick aus, und er wartete, bis auch ich den Blick senkte.

„Es gibt viele Stimmen hier", sagte er und sah sich um. „Manche sagen, unsere Gesetze müssten erneuert werden, an unsere moderne Zeit angepasst."

Ich blickte auf den fusseligen Teppich.

„Diese Gesetze sind von Allah." Er sagte mitten im Satz etwas auf Arabisch, dann sprach er wieder auf Deutsch. „Und wir müssen alle achten. Sie gelten alle."

Das hatte ich nicht erwartet. Er machte nicht mal den

Versuch, mich für seinen Glauben zu gewinnen. Er sagte einfach, was wahr war.

„Wenn der, der so etwas sagt, ein Muslim ist, so soll er ermahnt werden, damit er bereut und zum richtigen Glauben zurückfindet. Lasst uns darum bitten, dass alle Muslime die Gesetze achten." Er sprach wieder auf Arabisch, dann übersetzte er: „Wer seine Religion tauscht, soll getötet werden. Doch dies ist Sache eines Richters, nicht die eure."

Seine ganze weitere Rede war nüchtern und klar, und danach gab es eine kleine Stille, bevor der Vater etwas auf Arabisch fragte. Mohammad antwortete genauso einfach, und der Vater nickte zufrieden.

Ich spürte Karims Blick, und so studierte ich weiter die Fusseln vor mir.

„Ist einer, der sagt, dass es keinen Gott gibt außer Allah", begann Mohammad neu und unterbrach sich selbst wieder auf Arabisch. „Ist dieser ein Muslim?"

Mohammad schüttelte den Kopf. „Er ist nur ein Muslim, wenn er diese Worte auch in seinen Taten verwirklicht. Er soll ihn lieben, ihn fürchten, ihn anbeten."

Karim nickte bekräftigend, und Mohammad sagte wieder etwas auf Arabisch. „Er soll die Pflichten annehmen und nicht tun, was verboten ist."

Dann stand Mohammad auf, die anderen auch. Ich zog mich hoch, meine Knie zitterten, und Adil packte meinen Ellenbogen, damit ich nicht das Gleichgewicht verlor.

Aber innerlich fühlte ich mich erfrischt und klar, so als hätte ich bis jetzt im Brackwasser zwischen Entengrütze und Fischkadavern gelebt. Jetzt trank ich zum ersten Mal einfach nur klares Wasser.

Während ich versuchte, unauffällig hinter den anderen herzugehen, sprach Mohammad mich an, und ich drehte mich zu ihm um. Wieder trafen sich unsere Blicke, und diesmal schaute ich schnell weg.

„Glaube nicht das, was die Welt dir erzählen will“, sagte er zu mir. Seine Stimme war nun leiser als eben und ein bisschen heiser. „Glaube das, was wirklich da ist.“

Ich nickte und ging hinter Adil her. Mir war, als würde Mohammads Blick mir folgen, doch als ich mich umdrehte, sah ich, dass er mit Karim sprach. Sie standen nahe beieinander, und ich schämte mich, als ich mich selbst dabei ertappte, dass ich mir wünschte, sie sprächen über mich.

ADIL

„Jetzt hat er tatsächlich auf uns gewartet!“ Ich war genervt. Onkel Burak stand mit zwei Edeka-Tüten vor der Moschee und rauchte. Uns blieb wohl nichts anderes übrig, als seine Einladung anzunehmen.

Auf den Klingelschildern war Altuntas der einzige ausländische Name, das kontrollierte ich immer. Ob sich sonst noch ein Ausländer so eine tolle Wohnung leisten kann. Sie war riesig groß und alles vom Feinsten. Onkel Burak ging in die Küche, leerte dort die Tüten und gab Nüsse und Chips in Schüsseln. Dann schnitt er Tomaten und Gurken auf und holte Käse aus dem Kühlschrank. Die Fladenbrote, die er aufeinanderschichtete, waren noch warm und dufteten.

Wir setzten uns und aßen. Ich war hungrig.

„Was macht die Schule?“, fragte mein Onkel.

„Geht so“, sagte ich kauend. „Muss viel lernen.“

Ich nahm mir eine Olive.

„Mein Onkel ist Informatiker bei Mercedes“, erklärte ich dann Max. „Deshalb will er immer wissen, wie's läuft.“

Onkel Burak sagte, ich solle nicht so tun, als sei das nicht wichtig. Und dann kam der ganze übliche Text, den er mir immer erzählte. Diesmal tat er es allerdings auf Türkisch, damit Max es nicht verstand.

Ich antwortete ihm auf Deutsch. Wir aßen schnell, ich lehnte einen weiteren Tee ab und dann schob ich Max zur Wohnungstür hinaus.

„Er versucht mich immer zu bequatschen“, sagte ich zur Erklärung, als wir auf dem Weg nach Hause waren.

„Was denn?“, fragte Max.

„Ach, Mohammad sei ein Großmaul, ich solle ihm nicht hinterherrennen, ich soll mehr lernen. Sollen ist sein Lieblingswort. Oder lernen.“

„Aber er geht doch selbst hin“, sagte Max.

„Weil er sonst nichts hat. Keine Frau mehr, keine Kinder, keine Freunde, außer die paar anderen Politischen, die da früher … Aber die brauchen wir nicht.“

„Was meinst du? Wir?“

„Das verstehst du nicht.“ Eigentlich wollte ich Onkel Burak nicht vor Max schlechtmachen. Aber was er über Mohammad gesagt hatte, hatte mich geärgert.

„Dann erklär's mir“, sagte Max, als sei das alles so einfach.

Ich zog meinen Reißverschluss bis zum Hals zu.

„Wir nennen sie Deutschländer. Sind dankbar für alles, was sie hier erreichen konnten. Wollen hier nicht auffallen.“

Wir nahmen die S-Bahn zum Hauptbahnhof.

„Aber …“

„Ja ja, wenn sie in der Türkei geblieben wären, hätte Onkel Burak nicht studieren können, und meine Eltern hätten keinen Kiosk, in dem sie jeden Tag zwölf Stunden stehen!“

Wir standen, obwohl genug Sitze da waren, aber ich starrte nach draußen, auf die Gleise, und ich dachte an meine Eltern.

„Nicht auffallen“, sagte ich. „Lügen.“

Max nickte.

„Weißt du, was meine Mutter als Erstes gefragt hat, als sie von den Nazis im Zug hörte?“, fragte ich ihn. „Ob ich provoziert hätte! Ja, ich hab provoziert, denn ich bin Muslim, ich hab dunkle Haare, ich saß auf den Stufen, ich habe provoziert, weil ich da war.“

Ich war immer noch wütend, weil meine Mutter das gefragt hatte, aber ich dachte auch an meinen Vater und wie er das Geld aus der Kasse genommen hatte, um es zu verspielen.

Die S-Bahn hielt am Hauptbahnhof.

„Ich muss mit der Sechs weiter.“ Meine Stimme klang

wieder normal. Die S6 würde in ein paar Minuten kommen.

Auf dem Gleis waren ein paar, die wohl einen Junggesellenabschied feierten, jedenfalls hatten sie alle die gleichen lustigen T-Shirts angezogen, auf denen „Boob-Inspector" aufgedruckt war. Sie hatten einen kleinen CD-Player dabei, aus dem scheppernde Musik drang, und waren hackedicht.

„Ich warte mit dir, ist ja nicht lange", sagte Max.

„Soll ich etwa so werden wie die?", fragte ich und zeigte mit dem Kinn auf die Boob-Inspectors.

„Komm doch morgen Abend vorbei. Wir können ein bisschen daddeln", lud Max mich ein.

„Ich bin anders", sagte ich, als die S6 kam, und: „Bis morgen."

PAULA

Wir waren im Sommer umgezogen, und noch immer standen viele von meinen Kartons im Keller und warteten darauf, dass ich aussortierte. Eigentlich hatte ich das über Weihnachten machen wollen, aber da war im Stall so viel zu tun, dass ich nicht dazu gekommen war.

Meine Zeugnisse für die Röder-Bewerbung waren irgendwo in den Kartons, und die brauchte ich jetzt, genauso wie einige Unterlagen über bestandene Scheine und Lehrgänge von der Landesreitschule in Langenfeld.

Ich ritzte also den ersten Karton auf. Er enthielt meine

alten Stofftiere, sogar meinen kleinen blauen Hasen, den ich noch gar nicht vermisst hatte, obwohl er in der Corneliusstraße immer auf meinem Bett gesessen hatte. Ich steckte ihn wieder zurück. Im nächsten Karton waren die Ordner vom letzten Jahr, die Mitschriften meiner Leistungskurse ordentlich eingeheftet. Ich sah sie durch, doch mein Zeugnis vom Sommer war nicht dabei.

Im nächsten Karton war endlich der Ordner mit den Pferdeköpfen, in dem ich zumindest die Urkunde über mein silbernes Reitabzeichen fand.

Es klingelte an der Haustür. Eigentlich konnte es nur Besuch für Max sein, und ich meinte Adils Stimme zu erkennen und dann zwei Paar Füße, die über die Holztreppe nach oben trampelten.

Am besten versteckte ich mich hier unten und wartete, bis Adil wieder weg war. Ich riss den vierten Karton auf und hielt dabei inne, noch bevor ich den Klebestreifen ganz abgezogen hatte.

So ein Quatsch!

Ich lief auf Strümpfen nach oben in mein Zimmer, zog meine bequeme Jogginghose aus und quetschte mich in meine Jeans. Dann schlich ich mich ins Bad, sprühte mir Deo unter die Achseln und öffnete meinen Pferdeschwanz. Kopfüber bürstete ich meine Haare aus, dann schaute ich in den Spiegel.

Ich bin weder zu groß noch zu klein. Und ich achte auf mein Gewicht, weil es gut aussehen muss, wenn ich Bernds Pferde vorstelle. Ich schminke mich kaum und sehe wohl sehr gesund aus, weil ich so viel draußen bin. Was mich an mir stört, ist mein rundes Gesicht. Hohe Wangenknochen Fehlanzeige.

Ich zupfte mir jedenfalls so viel Strähnen wie möglich ins Gesicht. Dann zog ich die einzigen Schuhe mit Absätzen an, die ich hatte. Es waren zwar nur vier Zentimeter, aber besser als nichts.

Ich klopfte bei Max an und machte sofort die Tür auf, damit er mich nicht abwimmeln konnte.

„Hallo", sagte ich und grinste ins Halbdunkel. Max hatte die Vorhänge zugezogen. Die beiden saßen vor dem Computer und spielten ein Autorennen.

„Was gibt's?", fragte Max abweisend.

„Nix", sagte ich. „Nix Besonderes, meine ich."

Max musste um eine schwierige Kurve fahren und konnte deshalb nichts sagen. Adils Profil zeichnete sich gegen das ausgeschlossene Tageslicht ab, das durch den Vorhang wollte.

„Kann ich mitspielen?", fragte ich.

„Klar", meinte Adil. Er blickte auf und fuhr deshalb seinen Wagen ins Kiesbett.

„Nee, wir haben gerade gestartet", sagte Max.

Ich spielte sonst nie mit Max am Computer.

„Mir ist langweilig."

Die Autos rasten über die Zielgerade. Max hatte gewonnen.

„Dann geh zu deinen Gäulen", sagte er zu mir.

Ich machte die Tür von außen zu. Ich wollte nicht betteln,

und außerdem war ich am Computer eine Null. Aber mir war wieder schlecht, genauso wie an dem Morgen, als ich Adil zum ersten Mal gesehen hatte.

Ich ging runter zu meinen Kartons, fand mein Zeugnis endlich in einem Bildband über die Dülmener Wildpferde, und dann nahm ich einen dicken Stift und schrieb auf den Karton mit den Stofftieren „kann weg" und malte eine Mülltonne, dann machte ich den nächsten Karton auf, in dem Klamotten lagen, die ich im letzten Jahr gar nicht angezogen hatte. Ich malte auch darauf eine Mülltonne, dann nahm ich mir einen Plastiksack mit alten Schuhen vor. Die brauchte ich auch alle nicht mehr. Und die Zeichnungen von irgendwelchen Pferden, die ich vor Jahren gemacht habe, und die blöden Töpferfiguren, das konnte alles weg.

Dann hatte ich eine neue Idee. Eigentlich könnte mein Vater das Zeug ja zur nächsten Müllkippe fahren. Deshalb wäre es doch gut, wenn ich das alles schon mal hochtrug. Ich klopfte wieder bei Max und fragte, ob er mir helfen könnte.

„Du kannst echt nerven", sagte Max.

Aber Adil nickte, und so halfen sie mir doch. Als nur noch der Karton mit den Stofftieren unten war, stieg ich noch mal die Treppe hinab.

„Danke", sagte ich. Ich zupfe mir die Strähnen vor meine Stirn.

„Kein Problem", sagte Adil. „Aber willst du den hier wirklich wegwerfen?"

Der blaue Hase lugte über den Rand, als wäre er lebendig.

„Ja", sagte ich. „Damit spiele ich ja doch nicht mehr."

Er sah auf den blauen Hasen, dann zur Seite, und das tat ich auch. Dann schaute ich ihn an, und er blickte im gleichen Moment zurück. Normalerweise hätte ich jetzt gegrinst, aber ich sah gerade noch rechtzeitig, dass Adil Angst vor mir zu haben schien. Vielleicht sogar noch mehr als ich vor ihm. Ich schaute einfach wieder weg und stieg vor ihm die Treppe hoch.

Dann setzte ich mich in meinem Zimmer an den Laptop und öffnete eine Bewerbung, die wir mal in der Schule geschrieben hatten. Ich überschrieb die Adresse der Übungsbewerbung mit der von Röder.

MAX

Was war das für ein Mann, mein Vater? Ich konnte ihn mir nicht mit anderen Männern vorstellen, ein Bier kippend und über irgendetwas redend, was nicht mit Eirená zu tun hatte.

Jetzt zum Beispiel sortierte er die Rechnungen. Viele der Energie-Sitzungen konnten sie über die Krankenkasse abrechnen, weil sie ja mal als Therapeuten gearbeitet haben und ihre Zulassungen immer noch galten. So köderten sie die Neulinge, glaube ich.

Sie schlafen nicht mehr zusammen, seit Eirená erleuchtet ist, und – soweit ich weiß – schläft er auch mit sonst keiner. Er war immer hier, betete meine Mutter an und machte die

Drecksarbeit. Wusch, räumte das Wohnzimmer auf, solche Sachen, Frauensachen eigentlich. Eine Erleuchtete, die Kartoffeln schält oder unsere Schmutzwäsche einsammelt, konnte man sich ja schwer vorstellen. Deshalb machte er das jetzt. Und er kochte, nach seiner ganz speziellen Ernährungsphilosophie, ayurvedisch-vegan. Wo hatte er nur seine Eier? Jetzt mal ehrlich.

„Hast du Lust, heute Abend zum Meditationsabend zu kommen?" Er hatte meinen Blick auf sich gespürt und schaute in meine Richtung. „Das würde dir guttun."

„Lieber nicht", sagte ich. Ich war schon mal dabei, und am liebsten hätte ich den ganzen Verrückten, die da von Eirená ausgedachte Sprüche rezitierten, fest in die meditierenden Ärsche getreten.

„Dann nächstes Mal", sagte mein Vater. „Jederzeit."

Vielleicht war er auch einfach nur dumm, dumm wie Brot.

PAULA

In der Theater-AG spielten wir *Antigone* von Sophokles. Lara und ich trugen deshalb große weiße Betttücher um die Schultern.

Ich hatte nur eine Rolle im Chor, zum Glück, weil ich mir Texte nicht gut merken konnte. Lara war die Antigone und richtig stolz darauf. Sie versuchte gerade, sich künstliche Wimpern anzukleben.

„Ich weiß nicht, wie andere das machen", sagte sie genervt. Ihr Lid flatterte jedes Mal alarmiert, wenn sich ihr Finger dem Auge näherte.

„Deine Wimpern sind lang genug! Tusch sie doch einfach nur", riet ich.

„Jetzt hab ich die Dinger aber gekauft!"

„Dann lass mich mal!" Ich studierte die Zeichnungen, auf denen das Ankleben von Wimpern ganz einfach aussah. „Mach die Augen zu." Ich versuchte, den Kleber aufzutragen, aber das war gar nicht so einfach.

„Kommst du morgen Abend? Simon ist auch da."

„Hm", machte ich unbestimmt. Patrice feierte seinen bestandenen Führerschein und machte eine kleine Party.

„Was ist los?"

„Tu nicht immer so, als seien Simon und ich zusammen."

„Kann doch noch werden", meinte Lara und betrachtete ihre Augen aus der Nähe. Ich muss ein komisches Gesicht gemacht haben, denn Lara hörte mit dem Tuschen auf und unsere Blicke trafen sich im Spiegel.

„Oder ist da ein anderer am Start?"

„Nee."

„Aber klar!" Lara drehte sich zu mir herum. „Erzähl!"

„Ach, da ist ein Freund von meinem Bruder. Wir haben zusammen gefrühstückt. Und er hat mir geholfen, meinen Kram zu entrümpeln."

„Und?"

„Was, und? Ich weiß ja nicht mal …"

„Bring ihn doch mit", sagte Lara sofort.

„Mal sehen", sagte ich unbestimmt.

Marie kam in die Umkleide, und deshalb konnten wir nicht weiterreden, aber während der Probe, als ich mit den anderen im Chor stand und den Text ablas, den wir eigentlich auswendig können mussten, dachte ich weiter darüber nach. Max könnte mich zumindest abholen und auf ein Bier bleiben, und vielleicht brächte er Adil mit.

ADIL

Es war so eine typische Gymnasiastenparty. Alle redeten über die Schule, die Lehrer und die AGs, und alle kannten sich seit der fünften Klasse. Ich dagegen war – ganz klar, denn ich war ja nur ein dummer Türke – auf der Hauptschule gelandet und hatte, obwohl ich einen guten Abschluss hatte, keine Lehrstelle gefunden, jedenfalls nicht als Veranstaltungstechniker. Maler oder Fliesenleger, das wäre gegangen, aber das wollte ich nicht. Danach machte ich erst mal eine Berufsvorbereitungsmaßnahme von der Arbeitsagentur, die konnten mir aber auch nicht helfen, dann hatte ich gejobbt und hing im Kiosk herum. Schließlich hatte Onkel Burak einen seiner früheren Kommilitonen bequatscht, der inzwischen Rektor an einer Kölner Schule war, ob ich bei ihnen nicht mein Abitur nachmachen könne. So, als hätte mich keine Düsseldorfer Schule genommen. Aber egal, ich hatte leider die Anmeldefristen in Düsseldorf verpasst, und so ließ mich meine Mutter wenigstens in Ruhe. Ich war also alles andere als ein typischer Gymnasiast.

Ich kam mit Max ins Wohnzimmer, und dieser Patrice, der Gastgeber, sagte: „Hey." Er wirkte ziemlich hacke.

„Nehmt euch was zu trinken! Ist noch von allem da!" Er versuchte aufzustehen und hielt sich an Max' Arm fest.

„Wir wollten nur Paula abholen", sagte Max.

„Ach komm", sagte Patrice.

„Bleibt doch auf ein Bier!", sagte Paula und lächelte an Max vorbei. Mir genau ins Gesicht. Das war wie ein Schlag mit der Handkante. Sie nahm zwei Flaschen aus dem Kasten, der ihr am nächsten stand, und reichte sie rüber.

Ich schüttelte den Kopf.

„Setzt euch wenigstens!", meinte Patrice und ließ sich wieder auf seinen Hintern fallen.

„Bitte", sagte Paula leise zu Max. „Ich hole euch was anderes zu trinken." Sie verschwand in der Küche.

„Versuch das hier mal, die sind ziemlich abgefahren!", meinte Patrice und hielt uns ein Tablett mit Würfeln aus Wackelpeter hin. „Die sind mit Wodka. Die sind abgefahren, echt!"

„Das ist Schweineabfall und Alkohol. Damit kannst du dich selbst vollstopfen!" Max hatte wieder seinen aggressiven Ton drauf, aber es tat gut, dass er inmitten dieser Bonzenkinder auf meiner Seite war.

„Ach komm", sagte Patrice. „War Spaß!"

„Kein Problem", sagte ich. Ich wollte keinen Ärger, wie immer.

„So!“, sagte Max und klimperte mit dem Autoschlüssel. „Du wolltest doch nur, dass ich dich abhole.“

„Was findest du an diesen Partys so lustig?“, fragte Max seine Schwester, als wir über die Theodor-Heuss-Brücke fuhren. Der Rhein lag dunkel da.

„Ihr hättet ruhig noch was bleiben können. Ich hatte doch schon Cola für euch organisiert.“

„War okay“, sagte ich vom Beifahrersitz aus.

„Patrice kann schon ganz schön nervig sein“, gab Paula zu.

Wir fuhren schweigend bis zur Ostsiedlung, in das schöne große Haus.

„Wollen wir noch DVD gucken?“, fragte Paula.

„Ach nee!“, meinte Max.

„Doch, klar, ist doch noch früh“, sagte ich und ging zum DVD-Regal. Nach Hause, in die kleine Wohnung über dem Kiosk kam ich noch früh genug.

„Hier, der ist gut!“ Max hielt *Paranormal Activity* in der Hand. Den kannte ich zwar schon, aber egal. Mein Vater war im Kulturverein, das war mal sicher, und meine Mutter machte bestimmt noch die Abrechnung und heulte herum, weil das Geld nicht reichte.

Ich setzte mich neben Paula aufs Sofa. Max saß im Sessel und hielt die Fernbedienung in der Hand.

Paula machte eine kleine Schau, so als müsse sie die Augen zukneifen, und ihre Hände krallten sich in das Sofakissen.

„So schlimm?“, flüsterte ich ihr zu.

„Ich bin nicht gerade der Horrorfan", flüsterte sie zurück.

„Still! Man bekommt ja gar nichts mit!", fauchte Max aus seinem Sessel.

Sie legte ihre Hand auf meine. Da taten sie immer wer weiß wie, Gymnasium hier und Theater-AG da, aber dann war es doch immer einfach. Ich hielt ihre Hand fest, und – ehrlich gesagt – das warf mich völlig aus dem Film. Ich wusste plötzlich, dass das auf dem Bildschirm ja nur gespielt und getrickst war. Nur Paulas Hand war echt, und ihr Körper und ihre langen muskulösen Beine neben mir, und es tat mir weh, dass das mit uns völlig aussichtslos war.

KEMPER

Uta hatte das Grundstück ausgesucht, auf dem unser Haus stand, hatte den Vorgarten geplant, und sie hatte in unserem Rasen hinter dem Haus Zwiebeln von Schneeglöckchen, Krokussen und Narzissen vergraben, die in jedem Frühjahr wie blühende Inseln im gelblichen Gras des Vorjahres schwammen. Hier hatten wir glücklich sein wollen, hatten Wurzeln schlagen und unsere Kinder großziehen wollen.

Nun waren von unten Svenjas Gejammer und – fast genauso deutlich – Toms stures Schweigen zu hören, dann Schritte auf der Treppe.

Ich klappte die Akte auf und las ein Protokoll, dass ich schon mehrere Male studiert hatte. Es gab ein Telefongespräch von Mohammad mit einem seiner Anhänger wieder. Sie redeten über die Frau des Anrufers, die in ihren Augen keine gute Frau war, weil sie ihrem Mann nicht gehorchte. Ob die Frau bestraft werden müsse? Der Schüler solle sich scheiden lassen, die Frau müsse ausziehen, sie lenke nur ab.

Ich blätterte nach vorne, um mir anzusehen, was wir über diesen Anhänger wussten. Er nannte sich Torun, und er schien Mohammad aus Berlin zu kennen. Warum und woher er die Handynummer von Mohammad hatte, blieb unklar.

„Ich kann nicht mehr", sagte Svenja an der Tür zu meinem Arbeitszimmer. Sie schniefte.

„Lass ihn doch. Was macht es denn, wenn er nichts essen will?", fragte ich.

„Er hat seit drei Tagen nichts gegessen!", schrie Svenja mich an, so als sei ich der Grund dafür. „Ich bin völlig fertig!"

„Ich muss arbeiten."

„Kannst du es nicht mal versuchen?", fragte Svenja.

Ich deutete auf meine Akte, aber Svenjas Blick folgte meiner Handbewegung nicht.

Da stand ich auf und ging hinter ihr die Treppe hinunter. Inzwischen hatte Tom sich an seinen üblichen Platz vor der Terrassentür gestellt.

Ich nahm seine Winterjacke vom Haken und versuchte sie ihm anzuziehen, aber er wollte nicht. Daher holte ich eine Decke vom Sofa, hüllte ihn darin ein und hob ihn hoch. Er machte sich steif. Es fühlte sich an, als würde ich ein großes Plüschtier zum Zaun tragen.

Eine rote Regionalbahn kam vorbei, und gleich danach fuhr ein IC in die andere Richtung. Ich stellte Tom hin. Die Decke rutschte von seinen Schultern, und ich hob sie auf. Ein weiterer Zug kam, und Toms Blicke folgten ihm, bis er ganz verschwunden war. Aber nun hatte Tom etwas anderes gesehen. Einige Schneeglöckchen drückten sich am Zaun durch die braunen, schon modrigen Blätter vom letzten Jahr. Er trat darauf und es schien ihm Spaß zu machen, wie sie umknickten und zu frisch riechendem Brei wurden. Er sah sich um, entdeckte mehr von den weißen Glöckchen und lief los. Es war unglaublich, wie schnell seine kleinen Beinchen ihn zur ersten Blumeninsel trugen, noch bevor ich ihn hochheben konnte. Er trat in die weißen Blüten, er riss sie mit beiden Händen aus und es schien ihm zu gefallen.

Ich wollte ihn unter den Achseln packen und ihn hochreißen. Das durfte er einfach nicht tun. Ich wollte ihn schütteln. Natürlich wusste er nicht, dass ich auf diese zarten Blüten gewartet hatte, weil sie mir wie etwas schienen, das von Uta kam, von ihr ausgedacht und angelegt worden war. Sie hatte die winzigen Zwiebeln der Schneeglöckchen in die Erde gesteckt, und jetzt kamen sie jedes Jahr wieder.

Tom hielt mir eine Blüte hin, sie war völlig unversehrt, und ich musste erst meine Tränen abwischen, bevor ich sie nehmen konnte.

„Du könntest mal etwas essen“, sagte ich zu ihm. „Deine Mutter macht sich schon Sorgen.“

Dann trug ich ihn wieder hinein.

„G'eint", sagte Tom zu Svenja.

„Aber warum denn?", fragte Svenja ihn. „Warum musstest du denn weinen, kleiner Schatz?"

„Ich, ich habe geweint", sagte ich und ging die Treppe hoch.

„Appel", sagte Tom, bevor Svenja ein Wort an mich richten konnte.

„Ich schäle dir einen, sofort!"

Ich versuchte weiter in der noch aufgeschlagenen Akte zu lesen.

War das Telefongespräch schon auf irgendwelche geheimen Codes getestet worden? Ich blätterte vor. Ja, war es, aber es lagen keine Verdachtsmomente vor.

Ich blätterte weiter, sah mir den spärlichen SMS-Verkehr von Mohammad an. Dann das Blatt, das nachzeichnete, wo sich sein Handy und damit auch er in den letzten Monaten aufgehalten hatte. Berlin, Frankfurt, Köln, Stuttgart, das wussten wir längst.

Ich blätterte noch mal zurück, sah mir noch mal das Foto von Mohammad an, die dunklen Augen, die so viel zu wissen schienen, und dann schlug ich die Akte zu.

Es waren ja nur irgendwelche Blumen, es war ja gar nicht Uta.

Erst als ich die Akte zum dritten Mal wieder aufschlug, entdeckte ich es. Dieser unglücklich verheiratete Anhänger von Mohammad, der seine Probleme so offen an einem Telefon besprach, von dem er annehmen musste, dass es abgehört wurde, konnte nicht damit rechnen, dass ich seinen Namen in einen ganz anderen Zusammenhang brachte. Ich hatte die Akte nicht da, aber ich rollte den Namen ein wenig in meinem Mund hin und her, so als könne ich ihn schmecken. Ich war mir sicher, den Namen zu kennen, ihn gestern noch gelesen zu haben, und während ich auf die Wand mir gegenüber starrte, fiel es mir wieder ein. Er war ein Nachbar von Bajram, dem Berliner Attentäter, und er war ein Hinweis, dass Mohammad vielleicht wirklich gefährlich war.

MAX

„Du wolltest mich etwas fragen", sagte Adil.

„Vergiss es", sagte ich.

„Kein Problem."

Er hatte seinen Wagen schon wieder gestartet, aber durch seine Frage war die Erinnerung an den Freitag in der Moschee gekommen, und ich lenkte mein Auto unkonzentriert hinter seinem her. Adil gewann.

„Also, am Freitag, da ist was Komisches passiert. Für einen Moment war alles ..." Ich hörte mir selbst zu, während ich redete, und kam mir ziemlich albern dabei vor. Wenn ich wirklich aussprechen würde, was ich meinte, würde es sich genauso bescheuert anhören wie Klaus oder besonders Eirená, wenn sie über ihre Erleuchtung sprachen.

„... so klar, so einfach."

Adil hatte sein Auto schon wieder an der Startlinie.

„Komm schon, es steht drei zu null für mich." Er meinte unsere Rennen.

Ich riss eine Tüte Chips auf und warf eine Handvoll in meinen Mund. Adil legte das Control-Pad in seinen Schoß und griff ebenfalls in die Tüte.

„Aber jetzt ist es wieder weg, und alles ist wie immer."

Adil kaute, nahm noch mal eine Handvoll Chips, legte sie in seine flache Hand und aß nachdenklich einen nach dem anderen.

„Was ist weg?", fragte er interessiert.

„Dieses Gefühl."

„Dass es einen Gott gibt?"

„Ja."

„Es gibt einen Gott", sagte Adil. „Und er ist viel größer, als wir erkennen können. Oder bist du ein Prophet?"

Ich hörte auf zu kauen.

„Dem Propheten – Allah segne ihn und schenke ihm Heil – hat er sich offenbart."

Wir saßen in meinem Zimmer, die Vorhänge waren zugezogen, und nur das künstliche Licht des Bildschirms erhellte Adils Gesicht und seine Hände, die nun lose auf seinen Knien lagen.

„Weißt du, was Islam bedeutet?", fragte Adil.

Ich zuckte mit den Schultern.

„Hingabe", sagte Adil. „Darum geht es doch. Nicht darum, dass er sich dir zeigt und alles für dich richtig und gut macht." Er schwieg einen Moment.

„Du kannst es selbst richtig machen. Du musst etwas tun. Dich hingeben.“

Ich versuchte zu lachen, weil ich die ernste Stimmung kaum aushielt, die uns umgab, doch Adil blieb ganz ruhig.

„Sonst würde unser Leben doch gar keinen Sinn machen“, setzte er hinzu. „Oder glaubst du, es ist sinnvoll, dass wir Playstation spielen, Chips essen und Cola trinken?“

„Nein“, sagte ich sofort. Das wusste ich ja. Und ich fühlte so etwas wie Neid, weil Adil sich seiner Sache so sicher war.

„Oder einen Schulabschluss zu machen, danach zu arbeiten und nur noch am Wochenende feiern zu gehen?“

„Nein“, sagte ich wieder.

Adil sagte nichts mehr. Er blickte auf seine Uhr, dann streifte er sich die fettigen Hände an seiner Hose ab.

„Wolltest du das fragen?“

Ich nickte. Ich wagte es jetzt nicht mehr zu lachen, obwohl wir immer noch so ernst waren, dass ich meinte, es kaum aushalten zu können.

„Und noch etwas wollte ich fragen. Eine Sache noch. Wie wird man Muslim?“ Ich fügte hinzu: „Nur theoretisch, meine ich.“

PAULA

Der Kiosk war vollgestopft mit Kaugummis, Zigaretten, Sammelbildchen, Zeitschriften, Chipstüten, Salzstangen, Schokoriegeln, hohen Kühlschränken mit Glastüren, sodass man die vielen Flaschen sehen konnte, die teilweise beschlagen von der Kälte waren.

Auf dem Boden standen überall eingeschweißte Sechserpacks mit Mineralwasser, und über einen stolperte ich fast, als ich plötzlich Adils Gesicht hinter dem zugestellten Tresen sah.

„Hallo!", sagte ich. Ich nahm eine kleine Cola aus einem der Kühlschränke und stellte sie auf den Tresen.

„Sonst noch was?", fragte Adil. Er tat so, als würden wir uns nicht kennen.

Ich legte noch ein Päckchen Kaugummi dazu.

Adil tippte alles in seine Kasse ein. Vielleicht würden bald andere Kunden kommen und eine Packung Zigaretten oder ein Rubbellos verlangen, deshalb holte ich tief Luft, um etwas zu sagen, doch Adil hatte wohl das Gleiche gedacht, denn er holte ebenfalls tief Luft.

„Wollen wir uns nicht mal treffen?", fragte ich, und Adil sagte fast zur gleichen Zeit: „Es ist nicht gut, dass du mich besuchst."

„Warum?", fragte ich. „Da ist doch nichts dabei."

„Doch. Es ist *haram*!"

Eingerahmt von den roten und gelben Verpackungen der Chipstüten sah er ganz fremd aus.

„Wieso? Wir könnten doch mal ins Kino gehen."

„Nein, können wir nicht." Dann schwieg er und fingerte an den Chipstüten herum. „Es ist nicht richtig. Wir sollen keinen Umgang mit Frauen haben."

„Aber alle Türken, die ich kenne …"

„Die sind nicht so wie ich. Die haben vergessen, dass sie Muslime sind … Und was die Regeln sind.“

„So wie du, als du meine Hand gehalten hast?“, fragte ich.

„Mach dich nicht über mich lustig, bitte. Das ist nicht gut.“ Sein Gesicht wurde immer mürrischer, und er wich ständig meinem Blick aus. Hinter mir ging die Ladenklingel, und eine Frau betrat den Laden. Sie war klein und mager, und durch die ganzen Locken und die langen Ohrringe schätzte ich sie auf Mitte zwanzig, bis ich an ihren Augenfältchen sah, dass sie wesentlich älter sein musste. Sie sagte etwas auf Türkisch zu Adil, dann lächelte sie mich an, so als wüsste sie etwas über mich.

„Sie ist nur eine Bekannte“, sagte Adil auf Deutsch zu ihr und zu mir: „Meine Mutter.“

„Hallo“, sagte sie. „Ist ja schön, dass Adil mal Besuch bekommt.“

Adil sagte etwas auf Türkisch, dann schwiegen beide, und seine Mutter lächelte nicht mehr.

„Wenn das alles ist, hätte ich gerne zwei Euro fünfzig“, sagte Adil zu mir.

Ich legte ihm das Geld auf den Tresen.

„Du kannst deine Bekannte ruhig zu einem Kaffee einladen. Ich verkaufe weiter“, meinte seine Mutter auf Deutsch.

Adil seufzte, aber ich lächelte die Frau an.

„Ich arbeite da nicht oft“, sagte Adil als Erstes, als wir auf der Straße standen, so als würde er sich für den Kiosk schämen.

„Ist doch gut", sagte ich. „So ein Kiosk ist …"

„Gut genug für einen Türken?", fragte er bissig.

„Wollen wir einen Kaffee trinken?", fragte ich, ohne auf seine Frage zu antworten.

„Es geht einfach nicht. Ich hätte überhaupt nie mit dir reden sollen!"

„Aber warum nicht? Ich finde dich nett, nein, mehr als nett." Ich hantierte an meinem Fahrradschloss herum und spürte, wie ich rot wurde. Als ich wieder hochschaute, sah Adil mir in die Augen und wurde auch rot, und ganz plötzlich sah er weg und murmelte etwas.

„Was?", fragte ich.

„Ich finde dich auch mehr als nett. Aber du bist so selbstbewusst und gleichzeitig … Für dich ist immer alles ganz einfach, ich meine … du kommst hierher und so." Er sah mich wieder an. „Du wirkst so, als könnte dich nichts umhauen."

„Na ja", sagte ich. Was sollte ich dazu schon sagen?

„Doch, echt. Das ist so …" Er überlegte ein bisschen, und ich wartete darauf, dass er mir erklärte, was ihm daran nicht gefiel, aber er sagte: „Du bist das tollste Mädchen, das ich je getroffen habe." Dann sah er wieder an mir vorbei.

„Und?", wagte ich zu sagen. Mir fiel auf, dass meine Hände das Fahrrad umklammerten, so als führe ich über rutschigen Schotter und müsse mich am Lenker festhalten.

„Nix und!", sagte er. „Ich hab mich anders entschieden."

Bevor ich noch etwas sagen konnte, drehte er sich um und ging schnell weg.

APRIL / MAI

KEMPER

Wir setzten uns an die blank gescheuerten Tische, und ich fühlte Buraks Anspannung, mit der er die Speisekarte mehr hin und her drehte, als er sie studierte, und ich muss sagen, dass mich sein Verhalten neugierig machte. Ich nahm das Rinderfilet mit Meerrettichsoße, und Burak bestellte das Gleiche.

„Nun", sagte ich, nachdem die Kellnerin zwei Kölsch vor uns hingestellt hatte.

„Nun", sagte Burak. „Machst du dir Notizen, oder wie läuft das bei euch?"

Ich achtete wieder darauf, dass wir gleichzeitig tranken. Den Zauber einer Freundschaft über ihn auswerfen, das tat ich.

„Gibt es denn schon so viel zu erzählen?", fragte ich lächelnd.

„Dieser Mohammad zieht tatsächlich ziemlich viele junge Leute an", sagte Burak. „Vor allem Araber."

„Kennst du die Nachnamen?", fragte ich, aber Burak schüttelte den Kopf.

„Vornamen, aber wie das nun mal so ist … ich kann nicht nach den Nachnamen fragen, nicht einfach so."

„Keinen einzigen?"

„Da sind zwei, Brüder anscheinend, Karim und Yusuf. Die kommen erst, seit Mohammad da ist. Ich glaube sogar, dass er sie mitgebracht hat. Sie benehmen sich ziemlich daneben."

„Wie genau?"

„Du als Katholik würdest sagen, päpstlicher als der Papst. Das darf man tun, das nicht, so eben. Jeden ermahnen sie und spielen sich wer weiß wie auf. Wenn sie mich hier sitzen sehen würden ..." Er hob sein Kölschglas. „Erinnern mich ein bisschen an diese linken Hardliner von früher, im AStA."

Ich nickte.

„Vielleicht weil sie jung sind. Ist es nicht ein Privileg der Jugend, alles genau einzuteilen und beurteilen zu können?" Er drehte an seinem Glas herum. „Was meinst du? Waren wir nicht früher genauso?"

Unsere Teller kamen. Ich roch den Meerrettich und wickelte mein Besteck aus der Serviette.

„Lecker", lobte Burak das Filet. Er kaute und nahm noch einen Schluck vom Bier. Ich tat es ihm nach.

Für einen Moment sah ich mich selbst und Burak am Tisch sitzen, zwei nicht mehr junge Männer, unserer Kleidung nach nicht arm, unserem Benehmen nach Akademiker, und nun bei einem Essen, das wir uns leisten konnten, wenn wir wollten, jeden Tag. Ich schnitt mir ein großes Stück Fleisch ab und kaute es, bis jede meiner Geschmacksknospen mit dem süßen und gleichzeitig rauchigen Fleischsaft überflutet wurde. Ich schloss die Augen und schluckte.

„Freitag ist etwas passiert, was ziemlich ungewöhnlich war, jedenfalls in unserer Moschee."

Burak legte seine Gabel zur Seite und nahm noch einen großen Schluck Bier. Ich ließ ihm Zeit.

„Ein Deutscher ist konvertiert", sagte Burak.

Ich trank jetzt ebenfalls. Verdammt, dachte ich, und ich hoffte, dass mein Gesichtsausdruck meine Gedanken nicht spiegelte. Konvertiten konnten gefährlich sein. „Was weißt du über ihn?", fragte ich so neutral wie möglich.

„Es ist nur ein Junge, weißt du", sagte Burak. „Vielleicht gerade zwanzig."

„Hast du seinen Namen?", fragte ich. Meine Stimme schien mir zu aufgeregt zu klingen.

„Max, glaube ich."

„Und was weißt du sonst noch über ihn?"

„Na ja, nichts."

Burak und ich bekamen noch zwei Kölsch, und wir schwiegen, bis die Kellnerin sich entfernt hatte.

„Weißt du, wer ihn mitgebracht hat? Rekrutiert jemand aktiv?", fragte ich weiter.

„Nicht dass ich wüsste", sagte Burak und griff nach seinem Bier. „Keine Ahnung, wer ihn angeschleppt hat."

Ich trank und beobachtete ihn dabei. Er schien sich unwohl zu fühlen, so als hätte er mir zu viel gesagt.

„Er ist nur ein einsamer Junge", sagte Burak nachdenklich. „Wahrscheinlich sucht er ein bisschen Halt."

„Konvertiten sollte man immer beobachten. Zwei der Sauerland-Bomber waren Konvertiten", gab ich zu bedenken, so wie ich es in vielen Vorträgen und Leitlinien gelesen hatte. „Und die suchten auch nur ein bisschen Halt."

MAX

„Sprich bitte dieses Mal nicht so viel, Bruder“, sagte Karim zu mir. Zu Yusuf oder Adil würde er so etwas niemals sagen, dachte ich sofort, aber ich nickte. Vielleicht hatte ich letztes Mal wirklich zu viel geredet. Aber ich war auch provoziert worden, von einem *Kafir*, der sich darüber lustig machte, dass ich mit meinen Brüdern vor den Bilker Arkaden stand und Broschüren verteilte. Ich hatte mich nur verteidigt. Und eine *Kafirah* hatte an seinem Arm geklebt, mir ins Gesicht gelacht, dann ihren Mund gespitzt und so getan, als wolle sie mich küssen.

Aber Karim war besonders, er lebte so eng mit Mohammad zusammen, als sei er sein Sohn, mehr noch als Yusuf, und wenn Mohammad nicht da war, gehorchten wir ihm.

Ich stapelte die Broschüren und breitete sie dann fächerartig auf dem Tisch aus. Und ich meinte auch zu fühlen, dass Karim eifersüchtig war, weil Mohammad mich manchmal beiseitenahm und mir etwas genauer erklärte.

Von den Leuten, die samstags in den Arkaden shoppen gingen, sahen die meisten an unserem Stand vorbei, so als gäbe es uns gar nicht, oder sie musterten uns feindselig. Aber das gehörte dazu, vielmehr es bestätigte noch, dass das, was ich in diesem Moment tat, richtig war. Jahrelang hatte es mich angekotzt, wie die Leute samstags ausschwärmten wie Schmeißfliegen und das Geld, für das sie in der Woche geracket hatten, in die Läden trugen, um sich das neueste Handy oder ein noch schöneres Sofa zu kaufen. Oder sie gingen auf Beutezug zu Primark und kamen mit Tüten behangen wieder raus, nur um dann zu Hause festzustellen, dass der ganze Plunder auch nicht verstecken konnte, dass sie hässlich, fett oder einfach nur doof waren. Sie hatten nichts kapiert.

Jetzt aber, wenn ich hier mit meinen Brüdern stand, war ich endlich einer, der nicht mehr mitmachte.

Wie jeden Samstag wartete ich darauf, dass irgendwelche Nazis hier auftauchten und uns zusammenschlugen. Brüdern in Solingen war das schon passiert, und die Polizei hatte ihnen nicht geholfen.

Stattdessen kamen zwei Jungs in meinem Alter, und einer von ihnen griff nach unseren Broschüren. Mir fiel er auf, weil er sein Haar an den Seiten kurz geschoren, oben auf dem Kopf lockig und blondiert trug. Irgendwie extravagant. Er legte die Broschüre mit einer weibischen Geste wieder zurück. Das waren Schwule, ganz klar. Sein Freund klimperte mit den Augenlidern und grinste Adil breit an.

„Wann bist du denn hier fertig?", fragte er. „Könnten wir vielleicht danach was zusammen unternehmen?"

Adil nahm die Broschüre, die einer der Schwulen in der Hand gehalten hatte, und steckte sie in den blauen Müllbeutel, den wir immer dabeihatten.

„Oder musst du dann erst noch ein paar Bömbchen bauen?", kicherte der erste und zupfte an seinen blondierten Löckchen.

Mir brannten die Worte im Mund, und gleichzeitig schämte ich mich für diese deutschen Jungs, so verrückt es auch klingen mag. Ich spürte Karims Blick auf mir, und ich brachte es fertig, ihn stumm zu erwidern. Zu den Schwuchteln sagte ich natürlich kein Wort.

Wir bauten am frühen Nachmittag ab, nachdem wir als Schwachmaten beschimpft wurden, unser Stand angerempelt und uns der private Wachdienst auf den Hals gehetzt worden war. Außerdem begann es zu nieseln.

Karim und Adil klappten den Tapeziertisch zusammen. Yusuf faltete sorgfältig das grüne Banner, das wir immer hinter unserem Stand aufhängten, und legte es auf die Broschüren. Er war heute noch stiller als sonst gewesen.

„Ich höre auf hiermit", erklärte er plötzlich. „Nächsten Samstag bin ich nicht mehr dabei."

Karim richtete sich auf und musterte ihn streng. Auch Adil hielt inne.

„Aber das sind doch nur *Kufar*, das war dir doch sonst immer …"

„Ich gehe weg, zuerst nach Berlin, da habe ich Kontakte, die helfen mir bis nach Syrien", unterbrach Yusuf mich, und plötzlich sah er älter aus als sein Bruder. „Und dann werde ich richtig kämpfen. Nicht nur hier so einen Stand machen, so einen Kinderkram."

Wir sahen uns an. Yusuf tat das Richtige, gegen ihn waren wir alle nur Heuchler. Und dann nickte Karim langsam.

„Respekt, Bruder", sagte Karim und umarmte Yusuf lange.

PAULA

„Zum letzten Mal, nein!“, sagte Eirená und schnipselte sich eine Banane in die Erdmandelflocken.

Ich holte Luft, um etwas gegen ihren Entschluss zu sagen, doch mein Vater war schneller: „Hör jetzt endlich auf damit“, sagte er streng zu mir. „Wir unterschreiben das nicht.“

Zwischen uns auf dem Frühstückstisch lag mein Ausbildungsvertrag, und weil ich noch keine achtzehn war, brauchte ich die Unterschrift eines Erziehungsberechtigten.

„Aber es ist das, was ich mir …“

„Schluss jetzt!“, fauchte Eirená. „Habe ich nicht schon genug am Hals mit dem Spinner von deinem Bruder, der sich in die Fußgängerzone stellt und den Salafisten spielt?“

Meine Mutter war immer eine Schönheit, auch jetzt noch, wo sie mit hochrotem Kopf dasaß und die Banane in ihrer Milch zerdrückte. Aber ihre Jünger kannten sie bestimmt nicht so sauer.

„Wenn Max dort erkannt wird, das ist so was von …“, sagte sie. Meinen Ausbildungsvertrag hatte sie schon wieder vergessen.

„Es ist geschäftsschädigend“, ergänzte mein Vater.

„Schreib diesem Röder, dass du zuerst das Abitur machst. Aber das machst du! Ich habe keine Lust, diese Schulodyssee mit dir noch mal durchzumachen. Und nächstes Jahr kannst du ja immer noch bei Röder anfangen.“

„Aber nächstes Jahr hat er schon eine Auszubildende“, erklärte ich ihr. „Das hier ist jetzt meine große Chance!“

„Auf ein Leben im Pferdemist! Was ist denn das für eine Chance?“, fragte Eirená.

„Hier rauszukommen!“, schrie ich sie an. „Ihr seid verrückt! Max ist verrückt! Ich muss raus aus diesem Irrenhaus!“

Ich stieß den Stuhl weg und schnappte mir mein Rad.

In der Sattelkammer war Lara, die eine Trense auswusch.

„Alles gut?“, fragte sie, als ich mein Fahrrad wütend gegen den Ständer rumste.

„Nein, überhaupt nichts!“, schrie ich sie an. Ich heulte immer noch. Sie zuckte zurück, weil ich so laut war, doch dann nahm sie mich in den Arm und streichelte mir über den Rücken.

„Meine Eltern unterschreiben nicht. Sie stellen sich einfach stur.“

„Hm“, machte Lara.

„Und da ist dann auch noch Adil“, gab ich zu.

Ich schämte mich ja inzwischen selbst für meine hilflose Schwärmerei. Aber jedes Mal wenn er bei uns zu Besuch war, war es immer noch ganz schlimm. Herzklopfen, nasse Hände, Schwindelgefühle, das ganze Programm. Wenn ich dann versuchte, Max' Zimmer zu betreten, flippte mein Bruder völlig aus. Wie er überhaupt ständig an mir herummäkelte. Wie ich mich anziehen würde und dass ich abends zu lange wegblieb. Er ging in seiner Rolle als muslimischer Bruder voll auf.

Ich lachte ihm normalerweise ins Gesicht, aber wenn Adil da war, kam es gar nicht dazu. Dann wollte er nur, dass ich abhaute.

„Entlieben ist wie Drogenentzug“, sagte Lara tröstend. „Das geht nicht so schnell.“

„Hast du dich denn schon mal entliebt?“, fragte ich. Die ganze Sache war hoffnungslos krank.

„Nee, das habe ich nur gelesen. Beim Verlieben produziert der Körper irgendwelche Drogen. Und enttäuschte Liebe muss dann doch wie ein Entzug sein, oder?“

„Hm“, machte ich wenig überzeugt.

„Oder du gehst immer wieder hin. Bis dein Körper das kapiert hat, was dein Hirn schon weiß.“

„Und das wäre?“

„Dass er ein Idiot ist?“, fragte Lara grinsend und schüttelte die Trense aus.

„Da ist was dran“, gab ich zu.

„Dann geh hin, bis dir das klar ist! Oder du eine Anzeige wegen Stalking bekommst.“

Da musste ich doch lachen.

MAX

Wir hockten uns nebeneinander auf den Boden. Ich hatte ein bisschen Papier mitgebracht und einen Stift.

Karim nahm ein dunkel eingebundenes Buch von dem schmalen Bücherbrett und schlug es auf.

„Also, hör zu!“, sagte er zu mir und begann auf Arabisch vorzulesen. Nach ein oder zwei Sätzen nickte er mir zu.

„Du musst das wiederholen.“

Ich verstand nur eine Reihe von As und Is und gab mir Mühe, das zu sagen, was ich verstanden hatte. Karim zog die Brauen hoch.

„Ich mache es noch mal langsam …“ Wieder konnte ich mir die Wörter nicht merken.

„*Bismi lahi …*“, stotterte ich und brach dann ab. „Was heißt das?“, fragte ich.

„Im Namen des barmherzigen Gottes“, übersetzte Karim. „Ungefähr. Aber um die Worte wirklich zu verstehen, musst du sie auf Arabisch kennen.“

„Warum?“, fragte ich.

„Weil dem Propheten der Heilige Koran in Arabisch offenbart wurde.“

Ich nickte.

„Versuch's noch mal!“

Ich stotterte mich durch die ersten Wörter, die Karim mir vorgesagt hatte.

„Besser“, kommentierte Karim widerwillig.

„Also noch mal!“

Ich sagte wieder meinen arabischen Halbsatz, dann sprach Karim den Rest vor, und ich übte ihn so lange, bis ich meinen ersten ganzen arabischen Satz sprechen konnte.

„Gut“, machte Karim. „Du lernst schnell.“

Ich nickte und klickte die Kulimine herunter, um diesen Satz aufzuschreiben, aber Karim hielt mich zurück.

„Wir schreiben nichts auf", sagte er so, als müsse ich das doch längst wissen. „Alles soll mündlich überliefert werden."

„Aber so kann ich das zu Hause wiederholen."

Er schnalzte wieder missbilligend mit der Zunge.

„Also gut", sagte ich.

„Hast du ein Smartphone oder so etwas?", fragte er. „Dann kann ich dir eine Hausaufgabe geben." Er öffnete einen alten Laptop und überspielte einige Koransuren.

„Soll ich uns Tee machen?", fragte Karim, als er damit fertig war, und ich nickte. Ich erwartete so einen Tee, wie ihn Adils Onkel gemacht hatte, stark und süß, aber Karim machte Wasser heiß und löffelte Instantpulver in zwei Gläser.

„Ich habe uns ein paar Donuts mitgebracht", sagte ich. Damit wollte ich mich bedanken.

„Hm", machte Karim, als er in einen mit Zitronenglasur biss.

„Willst du mal was sehen?", fragte er dann. „Aber du …"

„Was?", fragte ich.

„Lieber doch nicht", meinte Karim.

Ich nahm mir einen Donut mit Schokofüllung. Karim kaute langsam an seinem zweiten Gebäckstück und musterte mich. Seine dichten Brauen hingen dabei tief über seinen Augen, so als müsse er sich immer noch fragen, wie vertrauenswürdig ich sei.

„Also, gut!", sagte er dann, so als hätte ich den Test bestanden.

Er klappte den Laptop auf und lud ein Video. Ich sah ein dunkles Gebäude, nicht viel mehr als eine Lehmhütte, wie ich sie nur aus Kriegsreportagen kannte, und mit braunem Tarnmuster bemalte Helme bewaffneter Soldaten, die Gesichter darunter waren undeutliche Schatten.

Das Video hatte keinen Ton, es war unscharf, wohl von irgendeinem Amateur gemacht, und ich hatte in hunderttausend Spielfilmen Schlimmeres gesehen.

Aber gerade weil es so verwackelt war, war es echt. Und weil es keinen Ton hatte. Die stummen, harten Bewegungen, der geöffnete Mund des Mädchens, eines halben Kindes, die verzogenen Schultern der Soldaten, die ruckelnden Hintern, die zwischen ihren Beinen lagen und im Dunkeln nur zu erraten waren. Das Video brach ab, bevor die Handlung zu Ende war, und ich wollte Karim fragen, ob es irgendwie gut ausgegangen sei, und kam mir dabei vor wie ein kleiner verwöhnter Junge. Als könnte so etwas gut ausgehen. Wie denn? Dass das Mädchen überlebte?

„Das ist die Wahrheit, das!“, sagte Karim. „Und da redet niemand drüber.“

Ich schwieg und spürte Karims Blick auf meiner Wange.

„Aber ich zeige dir noch was.“

Diesmal waren die Bilder so hell, so als schiene die Wüstensonne aus dem Bildschirm heraus. Wieder war es eine Amateuraufnahme. Ich erkannte ein Fahrzeug, einen Jeep oder so etwas Ähnliches, der weit entfernt auf einer Schräge nach oben fuhr, so als steuere er den weißen Himmel selbst an.

„Pass auf", sagte Karim. Und dann kam die Explosion, die ein Loch in den Bildschirm zu brennen schien, gleichzeitig ertönte ein Ruf, wie von einem Minarett: *Allahu akbar*, so viel verstand ich inzwischen.

„An dem Tag, wenn die Stunde kommt, an jenem Tag werden die Lügner die Verlierer sein", sagte Karim ernst.

Ich wagte nicht, nach Yusuf zu fragen.

Wir aßen die letzten Donuts. Ich spürte, dass Karim mich beobachtete, aber ich schämte mich nicht dafür, dass ich so mitgenommen war oder nichts zu sagen hatte oder laut schluckte, weil in meinem Hals etwas war, das gegen den zuckrigen Donutbissen drückte und das ich nicht herunterwürgen konnte.

Ich zog meine Schuhe an, und Karim schenkte mir eine leichte Umarmung.

„Vergiss das nicht!", sagte er, und ich dachte, er hätte die Bilder gemeint, die wir gemeinsam gesehen hätten. Doch er drückte mir mein Smartphone in die Hand, das ich sonst hätte liegen lassen, und ich nickte: „Danke, Bruder!" Ich wagte ihn mit Bruder anzusprechen, und weil er schief grinste, fügte ich hinzu: „Für alles!"

KEMPER

„Meine Schwester lebt jetzt bei mir", begann ich, um etwas Persönliches zu berichten. „Und ihr Sohn auch."

Wir saßen auf der Terrasse eines kleinen Ausflugslokals

in Kaiserswerth und schauten auf den Strom und die Weiden am anderen Ufer, die sich ihr volles Grün übergeworfen hatten.

In Buraks Gesicht erschien etwas Gequältes, so als wolle er nicht über seine Familie sprechen, und gut, ich wusste ja, dass er geschieden war, dass da keine Kinder waren, nichts, das er Familie nennen konnte. Sein Gesicht verzog sich zu einem Lächeln, sodass ich mir sicher war, weiter sprechen zu können.

„Und weißt du, was ich dem Kleinen gekauft habe? Ein richtiges Onkel-Geschenk. Eine elektrische Eisenbahn."

„Aha", sagte Burak. „Und damit spielt ihr nun?"

„Zuerst war es nur so ein einfaches Oval, auf dem ein Zug im Kreis fahren konnte. Doch der Laden, in dem ich die kleine Anlage gekauft habe …" Ich muss gelächelt haben, denn Buraks Lippen hoben sich wie zu einer Antwort noch mehr, und ich fuhr fort zu reden. Wie ich ein paar Abende später das gelbe Schild gesehen hatte, das mir „Total-Ausverkauf" entgegengeschrien hatte, wie ich den Laden noch einmal betrat, nur um ein kleines Stellwerk und einen zweiten Zug zu kaufen.

Der Verkäufer war mit mir in den Keller gestiegen, um mir etwas zu zeigen. Der Kölner Hauptbahnhof *en miniature*! Komplett mit allen elf Bahnsteigen, das hohe gläserne Tonnengewölbe war abnehmbar, die großen Ziffern „4711" an der Ostseite konnte man beleuchten, und an den einzelnen Gleisen standen Reisende mit winzigen Köfferchen. Ich entdeckte sogar die roten Bahnsteigbuden, an denen ich mir manchmal einen Pappbecher voll Kaffee kaufte, bevor ich nach Hause fuhr. Ein Reisender hielt ein Würstchen in der Hand, das nicht mal so lang wie eine Wimper war.

Ich zahlte mit Karte, so viel Bargeld hatte ich nicht bei mir, aber ich musste dieses Wunderwerk haben und dazu alle Schienen und ein paar rote Doppeldecker und rote Regionalbahnen und die weiß lackierten ICEs der Dreierreihe, die über die rechte Rheinseite über Siegburg und Frankfurt nach Stuttgart fuhren, und die ICs, die bis nach Basel rollten oder in nördliche Richtung bis nach Amsterdam.

Burak hörte mir zu, wie ich ihm meinen Plan erzählte, zunächst Köln als Knotenpunkt nachzubauen, aber bald schon Düsseldorf anzuschließen und Bonn. Danach würde ich weiterbauen, vielleicht durchs Ruhrgebiet bis nach Hannover oder nach Frankfurt, wo es viele Querverbindungen gab, und irgendwann würde ich ganz Deutschland nachgebaut haben. Ich lachte selbst, als ich das sagte.

„In Hamburg gibt es doch so etwas, oder?", meinte Burak. „So eine Miniatur-Welt. Vielleicht solltest du dir das mal ansehen."

„Ja, ich weiß", sagte ich. „Aber meine Züge sollen nach dem echten Fahrplan fahren, verstehst du?"

„Und die ganzen Verspätungen stellst du auch nach?", lachte Burak zurück. „Da hast du ja was zu tun."

Ich nahm noch einen Schluck von meinem Kaffee, und Burak trank auch.

„Und sonst? Was macht unser Freund in Düsseldorf?", fragte ich endlich.

„Nichts mehr." Burak schüttelte den Kopf. „Er darf nicht mehr."

„Oh."

„Der Verein braucht den kleinen Raum, den er freitags immer benutzen konnte, jetzt selbst."

„Verstehe", sagte ich. „Ihr habt ihn rausgeschmissen."

Burak gönnte sich ein schiefes Lächeln und zog an seiner Zigarette.

PAULA

„Männer mögen nicht, wenn man ihnen hinterherläuft", sagte Adils Mutter.

„Ich weiß", sagte ich.

Sie lächelte zwischen den Chipstüten hindurch, die auf ihrem Tresen lagen.

„Und wenn du es weißt …"

„Es ist wegen Max. Das ist mein Bruder, und ich …" Dann wusste ich nicht weiter. Und eigentlich war Max ja auch nur ein Vorwand. Voll peinlich.

„Oh", sagte Adils Mutter.

„Ist Adil denn zu Hause?", fragte ich.

„Leider nicht."

Hinter mir ging die Türklingel, und ein Kunde trat ein.

Adils Mutter sagte etwas auf Türkisch, und der Mann trat an mich heran und sagte: „Hallo."

Er antwortete auf Türkisch, und Adils Mutter nahm zwei

Päckchen Gauloises aus dem Regal hinter ihr. Anstatt zu bezahlen, zog der Mann sorgfältig die Folie von einem Päckchen, öffnete es und nahm sich eine Zigarette.

„Nicht hier drin!", sagte Adils Mutter auf Deutsch. Ihr Ton war streng. Sie schienen sich gut zu kennen. Die Zigarette hing unangezündet zwischen den Lippen des Mannes.

„Das ist Burak Altuntas, Adils Onkel."

„Hallo! Und du bist eine Verehrerin von Adil?", fragte Herr Altuntas mich. Ich hasse es, wenn ältere Leute herablassend sind. Verehrerin!

„Nein, bestimmt nicht! Es geht um meinen Bruder!", log ich.

„Aha?", fragte Altuntas. „Ist das der Freund von Adil?"

„Den musst du doch kennen! Max, der deutsche Freund", sagte Adils Mutter dazwischen. „Die essen doch nach dem Gebet immer bei dir."

Herr Altuntas sah mich prüfend an.

„Max? Natürlich. Er kam manchmal freitags zusammen mit Adil nach dem Gebet", wiederholte Herr Altuntas. „Obwohl ich nicht besonders gut kochen kann."

Er schüttelte den Kopf. Dann holte er ein Feuerzeug hervor und zündete sich die Zigarette an, die er die ganze Zeit zwischen zwei Fingern gehalten hatte.

„Burak!", fauchte Adils Mutter. „Geh mit der Kippe nach draußen. Ich habe keine Lust, den ganzen Abend in deinem Rauch zu sitzen."

Herr Altuntas hob grüßend die Zigarette und ging. Ich schlüpfte hinter ihm durch die Tür.

„Kann ich auch eine Zigarette haben?", fragte ich.

Herr Altuntas hielt mir das Päckchen hin, nachdem er eine Zigarette nach oben gezogen hatte, sodass ich mir bequem eine nehmen konnte.

Ich steckte mir den Filter zwischen die Lippen und ließ mir Feuer geben. Gleich beim ersten Zug musste ich husten. In meinem Mund war ein Geschmack, als wäre ich mit dem Fahrrad hinter einem alten, qualmenden Laster hergefahren.

„Danke", sagte ich und zog sofort noch mal.

„Kommt Adil denn jetzt nicht mehr zu Ihnen?" presste ich zwischen zwei tiefen Atemzügen hervor.

Ich wagte nicht, noch mal an der Zigarette zu ziehen, sondern ließ sie zwischen meinen Fingern glühen.

„Nein, er war schon lange nicht mehr da. Wir sind denen wohl zu lasch", meinte Herr Altuntas.

„Oh", machte ich.

„Ich mache mir Sorgen um den Jungen. Ich meine, das alles ist doch nicht normal."

„Finde ich auch", sagte ich und nahm doch noch einen Zug von der Zigarette. Das Nikotin betäubte mich ein bisschen und machte mich gleichzeitig wach.

Burak lächelte und sah mich von der Seite an.

„Wollen wir unsere Nummern tauschen? Nur für den Fall der Fälle?", fragte er. „Normalerweise frage ich das ja Damen in deinem Alter nicht, okay?"

Er holte sein Portemonnaie hervor und entnahm ihm eine Visitenkarte. „Wähle mal diese Nummer."

Es war eine Firmenkarte, mit einem Stern von Mercedes und seiner Büronummer. Darunter stand die Nummer von einem Geschäftshandy. Ich tippte die Zahlen in mein Handy, und kurz darauf klingelte es in seiner Tasche. Ich speicherte die Nummer unter Altuntas. Obwohl das ungewohnte Nikotin mein Gehirn vernebelte, begann ich mir wirklich Sorgen zu machen.

ADIL

In dem Teil von Köln-Mülheim, in dem Karim seit ein paar Tagen wohnte, irrten wir ein bisschen herum, bis ich die grün gestrichene kleine Moschee mit den Betonsäulen fand.

„Jetzt sitzt er vielleicht schon im Flieger“, sagte Max, der neben mir ging. Ich hatte in der letzten Sekunde genau dasselbe gedacht.

„Ich beneide seinen Mut“, sagte ich. „Hier, das ist die kleine Moschee. Jetzt müssen wir hier rechts.“

Es war ein grauer Abend. Der Straßenteer glänzte im letzten Licht. Von draußen konnte niemand darauf kommen, dass es eine Moschee war. Durch ein Schaufenster konnte man nur den Verkaufsraum eines winzigen Supermarktes sehen. Karim betete dort aber nicht, war nie dort drin gewesen. Von hier aus wusste ich, wie wir gehen mussten, das schmutzig gelbe Haus lag gleich um die Ecke.

Im Wohnzimmer warteten bereits Mohammad und Karim auf uns, damit wir gemeinsam das Freitagsgebet verrichten konnten.

Danach machte Karim Tee für uns. Genauer gesagt schüttete er ein Instantpulver in Gläser und füllte sie mit heißem Wasser auf.

„Weißt du etwas von Yusuf?", fragte ich und pustete über den heißen Tee.

„Wenig", sagte Karim und verdrehte die Augen. „Er ist erst mal in Berlin. Das muss ja alles vorbereitet werden." Einerseits hatte er in den letzten Tagen ständig damit angegeben, dass sein Bruder ein echter Kämpfer sei. Andererseits schien es ihm auch zu schaffen zu machen. „Mehr kann ich euch nicht erzählen."

„Gut, dass du so vorsichtig bist", sagte Mohammad und lächelte ihn an.

„Ich beneide ihn", sagte Max.

„Ich auch", gab ich zu.

Mohammad nickte, und dann sagte er: „Ihr könntet hier etwas tun, oder?"

Wir schwiegen, und ich betrachtete den Mond, der so weiß und schön am Firmament stand, durch das Wohnzimmerfenster.

„Aber wir … Wenn wir samstags unseren Stand machen, das ist doch nichts …", begann Max und stellte seinen Tee neben sich.

„Verstehst du es nicht?", fuhr Karim ihn an. „Wir reden hier nicht davon, Broschüren zu verteilen und uns von den Schweinen beleidigen zu lassen."

Max schaute zuerst zu Karim, dann zu Mohammad. Karim sagte etwas auf Arabisch, und Mohammad nickte.

„Weißt du denn nicht, dass auf den Straßen Krieg ist?", fragte Karim herausfordernd.

„Dafür bin ich bereit, glaub mir, Bruder. Ich bin bereit!", fauchte Max zurück, und Mohammad nickte wieder.

„Das wissen wir", sagte er zu Max und legte seine Hand auf Max' Schulter. Dann sah er mich an. Ich nickte.

Und plötzlich kam mir der Mond, der immer noch durch das Fenster schien, so schön und fern vor wie eine Frau, wie Paula, und ich stand auf und zog den Vorhang zu.

KEMPER

Nachdem Mohammad nicht mehr in Buraks Moschee verkehrte, hatte ich auch keinen Grund mehr, Burak zu treffen, und so saß ich tagein, tagaus in meinen Büro, hörte die Schritte von Littkens, bearbeitete nachlässig meine Mails und tüftelte dann an meinem Fahrplan weiter.

An einem Nachmittag rief mich ein Anruf zum Chef.

Er empfing uns persönlich in seiner Residenz, Littkens und mich, und auch die Mitarbeiterin, deren Namen ich jetzt wieder wusste: Decker.

Wir traten hierarchisch geordnet ein, also zuerst Littkens, und dann wollte ich vorgehen, doch die Decker drängte sich an mir vorbei, und ich konnte nichts anders tun, als sie mit einer einladenden Handbewegung vorzulassen.

Der Chef sprach zunächst zu uns allen, lobte dann Decker ausdrücklich, erwähnte ihre Netzwerkanalysen und sonstigen Innovationen, für die ich mich nicht interessiert hatte, und sie wurde tatsächlich rot.

„Außerdem haben wir noch eine Anfrage. Wissen wir etwas über einen jungen Yusuf Chebbi? Geboren in Berlin, hat eventuell einen Bruder namens Karim?“ Der Chef blättert in einem schmalen Hefter.

Littkens sah mich an, aber ich zuckte mit den Schultern.

„Wissen wir etwas oder nicht?“

„Haben wir etwas aus den Augen verloren, unser Kontakt ist…“, fing ich an. „Ist er irgendwo aufgetaucht?“

„Warum?“, fragte der Chef mich gefährlich leise. „Warum ist der nicht in der neuen Datenbank?“

„Es gibt also neue Querverbindungen?“, fragte ich zurück. Alte Mechanismen griffen, und mir dämmerte plötzlich, dass der Chef mich bestellt hatte, um mich vor Littkens und der Decker bloßzustellen. Alle drei ließen mich nicht aus den Augen, schwiegen aber.

„Er ist ausgereist, Istanbul, einfaches Ticket“, verkündete der Chef schließlich. „Weil wir hier geschlafen haben.“

Ich schloss die Augen. Das war's also, und wir gingen, Littkens mit großen Schritten voran. Ich schlurfte eher zum Aufzug und wartete darauf, dass Frau Decker mich überholen würde.

„Gute Arbeit!“, zischte sie mir ironisch zu.

„Wie bitte?“

„Weißt du eigentlich, was das bedeutet?“ Sie wagte mich

zu berühren und damit aufzuhalten. „Wir brauchen endlich Erfolge, besonders nach dem Ding in Berlin, verstehst du das nicht? Und eine positive Außenwirkung."

Littkens stand bereits in der Lichtschranke der Aufzugtür und blickte erwartungsvoll zu uns herüber.

Ich nahm Deckers kleine Hand, die auf meinem Arm lag, und schubste sie weg. Für einen Moment war es tatsächlich so, als gehöre die Hand nicht ihr, sondern flöge unabhängig in die Luft, dann wurde sie zu einer Faust geballt, so als gelänge sie dadurch wieder in die Gewalt der jungen Frau.

„Entschuldige bitte!", sagte ich zu ihr, ohne es zu meinen. Himmel, ich hatte sie doch nur loswerden wollen, und das möglichst für immer, aber ich durfte nicht handgreiflich werden.

„Du warst doch mal gut, verdammt", flüsterte sie. „Merkst du nicht, dass du bereits auf dem Abstellgleis stehst?"

Wir sanken schweigend im Lift auf unsere Etage hinunter, und endlich saß ich wieder an meinem Schreibtisch. Als ich am Abend ging, hatte ich kaum etwas darauf berührt.

Ich kam auf dem Nachhauseweg wie jeden Abend an dem inzwischen geschlossenen Laden mit den Modelleisenbahnen vorbei. Die Leuchtschrift war heute abmontiert worden, und die Schaufenster waren von Staub überpudert, denn drinnen hatte man heute wohl eine Wand entfernt, um Platz für den neuen Laden zu schaffen. Ich blieb einen Augenblick vor den blinden Fenstern stehen, bevor ich meine Schritte weiterlenkte.

Das Haus, das Uta und ich gekauft hatten, stand vertraut

da, und von der Straße aus konnte ich sehen, dass in der Küche Licht brannte. Ich versuchte mir vorzustellen, dass Uta darin auf mich wartete, doch ich spürte selbst, dass ich daran nicht glauben mochte. Mir traten ganz unangekündigt Tränen in die Augen, so wie ich das seit vielen Jahren nicht mehr gefühlt hatte. An die Hecke gelehnt standen drei große weiße Plastiksäcke mit einem Aufdruck vom Roten Kreuz, und ich fragte mich, ob es diese in knisternde Hüllen gestopften Kleidungsstücke von Uta waren, die ich vielleicht zuerst unbewusst wahrgenommen hatte. Musste ich wirklich wegen ein paar Plastiksäcken weinen?

Ich ging scheinbar achtlos an ihnen vorbei, denn ich wusste nicht, ob mich Svenja nicht vielleicht aus einem der dunklen Fenster heraus beobachtete und das Licht in der Küche nur aus Tarnzwecken brannte. Gleich darauf kam mir der Gedanke lächerlich und paranoid vor, nur dadurch hervorgerufen, dass mein Fehler vielleicht noch Folgen haben würde.

Ich schloss die Tür auf, und Toms Gesicht tauchte vor mir auf. Plötzlich war ich dankbar, dass er dumm und behindert war und doch auf mich wartete, denn ich zog meinen Mantel aus und nickte ihm zu. Dann hörte ich, wie seine kleinen Schritte hinter mir her die Treppe hinauftaperten. Ich schloss mit Verschwörermiene die Tür zum Zimmer hinter uns beiden, mit einem Blick, den Tom nicht erwidern konnte, und dann knieten wir uns hin, und ich steckte weitere Schienen ineinander, zeigte auf den breiten Streifen Stoff, der für uns der Rhein war, und sprach ihm sinnlos mehrmals den Namen des Flusses vor. Er sprach mir nie etwas nach, schien diese Lernform überhaupt nicht zu kennen, stattdessen beobachtete er meine Hände, bis ich schließlich zum Trafo griff und einen Regionalexpress vom Gleis neun abfahren ließ.

„Nächster Halt Köln-Deutz", sagte ich. „Die Abfahrt verzögert sich um wenige Minuten."

Denn die Minuten brauchte Tom, um auf Knien zu mir zu kommen und am Trafo zu drehen. Dann fuhr der Regionalexpress an, in Richtung Bahnhof Mülheim, und ich meinte, dass Toms sonst ausdruckslose Augen glänzend der Modelleisenbahn folgten.

MAX

„Ich besorg was."

„Und was?", fragte Adil.

„Was Lebendiges. Wir müssen sehen, wie es …"

Adil tat so, als müsse er die einzelnen Münzen, die er vor sich liegen hatte, in die Fächer der Registrierkasse sortieren.

„Was meinst du damit?", wollte er dann wissen. Er schob die Registrierkasse zu.

„Wir müssen nicht nur Karims' Material testen, verstehst du? Sondern auch uns."

„Was soll das sein?", fragte er. „Wir dürfen nichts machen, nichts Auffälliges. Karim meinte, es sei irgendwas im Gange, aber Mohammad will unbedingt hier in Düsseldorf bleiben."

„Was meinst du? Werden sie überwacht?", fragte ich.

„Klar … leise!" Ein paar *Kufar* kamen in den Kiosk, drei Jungs und zwei Mädchen. Einer der Jungs hielt eins der Mädchen nicht nur im Arm, sondern seine Hand hing an ihrem Hals herab und fummelte in ihrem Ausschnitt herum. Sie ließ es sich gefallen, sie schien sogar stolz darauf zu sein. Sie suchten sich Bier und Wodka aus und waren sehr laut dabei, gaben voreinander an, so als müssten auch Adil und ich wissen, wie viel sie vertragen könnten und dass Wodka-Redbull doch nur was für Pussys sei. Das sagte die, die immer noch die Hand ihres Freundes in ihrem T-Shirt stecken hatte. Mit zwei prallen Plastiktüten hauten sie schließlich ab.

„Was ist mit Mohammad?", fragte ich Adil wieder. „Was hat Karim gesagt?"

Aber Adil schnalzte nur mit der Zunge.

„Ist doch egal? Wir sind so weit, oder?", fragte er, und er erwartete keinen Widerspruch. „Oder?"

„Ich hoffe", sagte ich. „Morgen kann ich das Auto haben. Ich hol dich vor der Schule ab."

Ich verließ den Kiosk und setzte mich ins Auto, ohne zu starten. Es war kurz nach acht, und ich konnte es genauso gut jetzt erledigen.

Ich fuhr zum Stall. Früher war ich öfter da gewesen, aber ich konnte diesen Viechern einfach nichts abgewinnen. Jetzt war es allerdings gut, dass ich mich auskannte.

Im letzten Stallgebäude brannte Licht, aber anscheinend waren die meisten in der Halle oder im Casino.

Tonka kam mir schwanzwedelnd entgegen. Ich nahm sie am Halsband und schob sie auf die Rückbank des Autos. Während der ersten Kilometer in Richtung Köln hörte ich, wie ihre Rute aufs Leder klopfte. Dann wurde sie still.

Karim machte mir auf.

„Was ist das denn?"

„Wir müssen es ausprobieren, oder?", fragte ich. „Und das hier ist das Richtige."

„Scheiße, Mann, das darf doch wohl nicht wahr sein. Was schleppst du so einen Köter hier an?"

„Zum Ausprobieren. Oder hast du das Zeug nicht fertig?", fragte ich. Der Hund presste sich gegen mein Bein und ich gab ihm einen Schubs mit dem Knie. Den Schwanz hatte er zwischen den Hinterbeinen eingeklemmt.

„Morgen früh kommen Adil und ich vorbei. Bis dahin ..."

Karim sah auf Tonka hinab, dann nickte er.

„Manchmal hast du gar keine so schlechte Ideen", sagte er. „Na, dann komm mal rein mit dem Köter!"

ADIL

Der Hund stieg ins Auto, als seien wir seine Freunde. Karim saß vorne neben Max auf dem Beifahrersitz, und ich saß hinten und hielt das Tier an seinem Halsband fest.

„Gab's Probleme?", fragte Max.

„Nein, nein." Aber ich konnte hören, dass Karim sauer war. „Hab' ihn gestern Abend noch kacken lassen."

„Hast du alles dabei?", fragte Max.

„Wo fahren wir hin?", fragte ich.

„Fahr erst mal. Ich sag dann schon!" Karim hielt seinen alten Rucksack umklammert.

„Schon gut", sagte Max und blinkte, um über die Mülheimer Brücke zu fahren.

„Was soll der Scheiß? Geradeaus!", fuhr Karim ihn an. „Du fährst geradeaus, bis ich dir was anderes sage!"

„Ja, klar."

„Hältst du mich für doof, oder was? Klar hab ich alles dabei! Jedenfalls alles, was ich machen konnte."

Wir fragten nicht weiter nach.

„Da nach rechts!", sagte Karim etwas später, und Max blinkte. „Jetzt wieder geradeaus."

Im Rückspiegel konnte ich Max' Gesicht sehen. Er war weiß wie eine Wand. Ich hielt mich am Fell des Hundes fest. Ich versuchte, seinen Blick im Spiegel zu fangen, aber Max sah so verbissen geradeaus, dass es auffällig war.

Wir fuhren jetzt über eine baumgesäumte Landstraße, Karim kommandierte jedoch bald, diese zu verlassen, und so kamen wir auf einen geteerten Weg, der auf einem Wanderparkplatz endete.

„Hier parken!", sagte Karim.

Wir stiegen aus.

„So, jetzt ist es nicht mehr weit. Ihr passt auf den Hund auf. Das Zeug hier ist stoßempfindlich."

Er umarmte den Rucksack weiter, während wir hintereinander über einen Wanderpfad stapften.

Ich hielt den Hund an seinem Halsband, denn er wollte am Waldboden schnüffeln, und bei jedem Vogelknacken hob er aufgeregt den Kopf. Ich wollte nicht weiter darauf achten, gleich würde er tot sein, und ich glaubte, dass es wichtig war, ihn vorher schon wie ein lebloses Stück Fleisch zu behandeln. Trotzdem streichelte ich seinen Kopf.

Karim beachtete uns gar nicht.

Wir stiegen über ein paar nackte Felsen, und Karim deutete auf eine Mulde, die sich zwischen den großen Steinen auftat. Eine kleine schiefe Birke krallte sich dort fest.

„Hier machen wir's!", sagte er. „Schafft den Köter dort runter."

Der Hund rutschte auf dem nackten Untergrund und wollte nicht.

„Mach schon!"

Karim holte ein Kästchen aus Styropor, so eins, in dem Elektrogeräte eingepackt sind, aus seinem Rucksack und öffnete es vorsichtig.

Drinnen waren weitere Styroporblöcke und ein Tütchen mit weißem Pulver.

„Das ist es!", sagte Karim. „Es ist hochempfindlich!"

„Und jetzt?", fragte Max.

„Wir binden es der Töle um den Hals und hauen ab. Der Köter kommt hoffentlich schnell hinter uns her, und die Bewegung löst dann die Explosion aus. Hier hab ich noch was."

Er holte ein altes geblümtes Badetuch, das er in Streifen geschnitten hatte, aus seinem Rucksack.

„Damit binden wir ihn fest. Das hält nicht allzu lang, aber hoffentlich lange genug, um uns nicht mitzusprengen."

Er zog die Oberlippe von seinen Zähnen zurück und grinste.

„So, erst mal bindest du ihn fest!", sagte er dann zu mir.

Ich sah an ihm vorbei, nahm einen geblümten Stoffstreifen und knotete ihn am Halsband fest. Dann nahm ich noch einen zweiten Streifen und knotete ihn an den ersten und dann an die Birke.

„So", sagte Karim und brachte das Styroporkästchen vorsichtig in die Mulde. „Sorg dafür, dass der Köter sich nicht bewegt." Aber der Hund war nicht ruhig. Er schnüffelte an mir herum und wollte gestreichelt werden.

„Ruhig!", sagte ich. „Ganz ruhig, Hundchen!"

„Sie heißt Tonka", sagte Max.

„Tonka, kleine Tonka", gurrte ich und tätschelte der Hündin den wuscheligen Kopf. „Mach fein Sitz!" Tonkas dunkle, blanke Augen starrten mich an. Ich konnte wohl gar nicht anders, ich kraulte ihre weichen Ohren, bis Karim das Päckchen mit dem Pulver befestigt hatte.

„Wir rennen bei drei!", sagte Karim leise. „So schnell ihr könnt!"

Karim zählte, sprang bei drei über den Felsen, genau wie Max und ich. Wir rannten ein Stück weit, auf eine Explosion horchend, doch wir hörten nur Tonkas Gebell. Dann musste einer der Stoffstreifen gerissen sein, denn Tonkas dunkler Körper erschien auf dem Felsen, und dann gab es tatsächlich eine kleine Explosion, einen kurzen dumpfen Knall, der die Hündin aufjaulen ließ. Wir sahen sie hochspringen, etwas an ihr brannte, ihr langes Wuschelfell.

Wir rannten über den Wanderpfad, und trotzdem musste ich mich umdrehen und sehen, was der arme Hund machte.

Er lief brennend durch den Wald, man konnte das sengende Fell jetzt riechen, und ich spürte Max' Hand, die sich auf meinen Arm legte und mich weiterzog.

„Verdammte Scheiße!", sagte Karim. „Ich hab's mir schon gedacht."

„Mit dem Sprengstoff stimmt was nicht, oder?", fragte Max ihn.

„Fahr, los fahr!", fauchte Karim. Wir fuhren den kleinen geteerten Weg zurück und bogen auf die Landstraße ein.

„Mit dem Sprengstoff ist alles in Ordnung, das hast du doch gesehen", sagte Karim mit einer ruhigeren Stimme. „Aber die Zündung. Die lässt nicht alles explodieren. Wir brauchen einen richtigen Zünder!"

„Und jetzt?", fragte Max.

„Ich werde Mohammad fragen."

AUGUST

PAULA

Tonka blieb weiter verschwunden. Abends ließ Bernd immer noch sein Hoftor offen, erzählte er mir, damit Tonka jederzeit zurückkommen könne. Er hatte anfangs viel mit verschiedenen Tierheimen telefoniert, aber Tonka war nicht da, und schließlich redete er sich ein, irgendjemand hätte sie sozusagen adoptiert. Sie war ja immer so anhänglich gewesen und völlig arglos. Aber er dachte darüber nach, sich einen neuen, jungen Hund anzuschaffen, jetzt, wo die Turniersaison langsam zu Ende ging und er sich um ein neues Tier kümmern konnte.

„Er vermisst sie noch immer", sagte Simon bedauernd. Bernd hatte uns auf seinem Handy Bilder von Hunden gezeigt, die alle darauf warteten, ein gutes Zuhause zu bekommen, und war dann gegangen, um Reitstunde zu halten.

„Ich auch", sagte ich.

Simon lächelte mich an und nickte.

„Was macht dein Türke?", fragte er dann.

Ich zuckte mit den Schultern und überlegte, ob Lara ihm etwas erzählt hatte. Aber nein, so war Lara nicht.

„War das so offensichtlich?", fragte ich zurück.

„Für mich schon. Nach der Party bei Patrice – da habe ich mir eben das eine oder andere zusammengereimt."

„So viel gab es aber gar nicht zum Zusammenreimen", sagte ich abwehrend. „Das war ja nichts."

Simon legte seine Hand ganz sanft auf meinen Arm.

„Und außerdem ist das längst vorbei", sagte ich weiter.

„Klar", sagte Simon und schnaubte belustigt, aber ich spürte trotz seines coolen Getues, dass ich ihn verletzt hatte.

„Ich war einfach so verschossen, dass ich nicht mehr klar denken konnte. Aber vorbei ist vorbei", wiederholte ich. „Und es tut mir inzwischen leid, dass ich nicht mal mit dir ins Kino gegangen bin."

„Können wir ja nachholen, irgendwann mal."

„Gerne", sagte ich und hoffte, er würde jetzt einen Tag vorschlagen.

„Weißt du, ich war im letzten Sommer total in Malin verknallt. Die mit den roten glatten Haaren, die so gut Basketball spielt", begann Simon. „Aber dann, nachdem ich zweimal mit ihr aus war …" Er schüttelte den Kopf.

„Warst du das nicht mehr?", fragte ich neugierig. „Verknallt, meine ich." Simon und Malin, das wusste ich ja gar nicht.

„Nee, das war irgendwie weg. Ganz plötzlich, einfach so. Wir haben uns zum Spazierengehen getroffen, und plötzlich fiel mir auf, dass ich lieber trainieren würde, als meine Zeit mit ihr zu verbringen." Simon suchte Kleingeld, um sich eine Cola zu ziehen.

„Oh", machte ich. „Und? Hast du ihr das gesagt?"

„Eigentlich nicht. Ich habe sie einfach nicht mehr angerufen, und sie hat sich auch nicht gemeldet."

„Hm", machte ich.

„Aber da habe ich viel an meinen Vater gedacht. Und an die Fortuna, du weißt schon, den Fußballverein."

„Ich kenne die Fortuna", sagte ich und verdrehte die Augen.

„Klar, weiß ich", sagte Simon und hob die Hand. Er erzählte weiter: „Als ich klein war, ist die Fortuna abgestiegen, so richtig, bis in die Oberliga. Aber mein Vater ist immer hingegangen, zu jedem verdammten Gurkenspiel." Er lachte. „Und davon gab es echt viele."

Seine Hand lag immer noch auf meinem Arm, stellte ich fest.

„Das ist Liebe, denke ich. Die Fortuna hat ihm gefallen, als sie hochklassig gespielt hat, und dann, als es nicht mehr lief und sich kein Mensch das elende Gekicke ansehen wollte, ist er immer noch hin. Und jetzt hat er eine Dauerkarte für die ESPRIT arena und hat wieder Spaß. Er hat einfach nicht aufgegeben."

„Und was hat das mit Malin zu tun?", fragte ich.

„Mit Malin?", fragte Simon. „Nichts."

Sein Mund näherte sich meinem, und er küsste mich sanft.

„Ich will nur nicht einfach aufgeben", hauchte er in mein Ohr. „Verstehst du?"

Er küsste mich noch mal und drückte dabei seinen Mund fester gegen meinen. Seine Hand wanderte in meinen Nacken. Gleichzeitig öffneten sich seine Lippen. Er schmeckte gut, irgendwie sogar vertraut.

„Bitte nicht", flüsterte ich. Ich drückte ihn fest an mich

und legte meine Wange an seine. „Bitte nicht." Sonst konnte ich nichts sagen, was Simon nicht noch mehr verletzt hätte.

Später, als ich nach Hause radelte und mir der Spätsommerwind den Duft von abgeernteten Feldern und frischer Erde entgegentrug, hätte ich am liebsten geheult.

MAX

Nach den Sommerferien fuhr ich immer noch jeden Tag mit dem Regionalexpress, und jedes Mal kam mir kurz vor Leverkusen der andere Zug entgegen. Jeden Tag saß ich wieder in der Schule, und jedes Mal wenn ich dachte, dass ich es nicht mehr aushalten würde, steckte ich heimlich meinen iPod ins Ohr und hörte Koransuren. Im Kopf ging ich immer wieder den Plan durch, den ich für uns ausgearbeitet hatte, und es kam mir zugleich größenwahnsinnig und unglaublich vor.

Aber gleichzeitig wusste ich, dass ich es wollte und dass ich es tun würde, und wenn ich daran dachte, hatte ich dasselbe schneidend klare Gefühl wie an dem Abend, an dem ich Mohammad zum ersten Mal sprechen hörte.

Doch dann saß ich wieder da und fühlte mich als Lügner, besonders Karim gegenüber, ich wusste nicht, warum ich immer ausgerechnet an Karim denken musste, wenn ich dieses Gefühl hatte, und dann wurde mein Drang, es zu tun, noch stärker.

Und ich dachte an Yusuf, und daran, dass wir jetzt schnell sein mussten, handeln mussten.

Ich stieg am Kölner Hauptbahnhof aus, den iPod in den Ohren, den Blick der Überwachungskameras im Nacken, ich fragte mich, wie weit sie mir folgen könnten, nur bis zur Treppe zum Dom hinauf oder nicht mal bis dahin. Vielleicht würde eine Aufnahme von mir später in der Tagesschau zu sehen sein. Aber noch musste ich unerkannt bleiben.

Ich ging die Stufen zum Schulhof hinauf, nickte der Frühaufsicht zu und setzte mich auf meinen Platz. Der Unterricht begann, und ich hörte mir an, was in Mathe wohl das nächste Thema sein würde, aber dann nahm ich meinen Rucksack und stand wieder auf.

Die neue Lehrerin hielt mitten im Satz inne. Ihr Mund blieb sogar offen stehen, und ich sah für einen winzigen Moment ihre feuchte Zungenspitze, bevor der Mund zuklappte.

„Mir ist nicht gut", sagte ich und hoffte, dass ich aussehen würde, wie ich mich fühlte.

Dann verließ ich die Klasse und ging auf die Toilette.

Aber das war irgendwie zu auffällig, ich wollte nicht, dass irgendjemand später erzählen würde, ich sei öfter krank gewesen oder komisch oder ich sei sonst wie aufgefallen. Ich saß deshalb meine Stunden in der Schule ab, eine nach der anderen, und dann fuhr ich bis nach Mülheim.

Adil stand vor dem Haus, so als wären wir verabredet, und wir gingen, ohne ein Wort zu sprechen, hintereinander die Stufen hoch.

„Bist du noch dabei?", fragte Karim plötzlich, nachdem wir uns gesetzt und unseren Instanttee vor uns hatten.

Ich nickte. Warum sollte ich nicht mehr dabei sein?

„Dich meine ich nicht." Karim sprach das nur mit dem Mundwinkel. „Adil, was ist mit dir?", fragte Karim nachdrücklich.

Adil nickte. Er hielt die Augen dabei zusammengekniffen, so als täte ihm etwas körperlich weh. Vielleicht schmerzte ihn auch nur Karims Misstrauen. Ich spürte, wie ich rot wurde. An mir hatte er nicht gezweifelt.

„Gut", sagte Karim. Er reichte Adil den Topf mit den Zuckerstücken.

„Wir bekommen die neuen Zünder", informierte er uns. „Endlich."

„Endlich", sagte Adil und rührte in seinem Tee herum.

„Ich habe eine Idee", traute ich mich zu sagen. Bis jetzt hatte die Planung in Karims Händen gelegen, aber jetzt, wo er klargemacht hatte, dass er mir mehr vertraute als Adil, wagte ich es.

„Dann lass mal hören", sagte Karim.

„Eine Idee?", fragte Adil irritiert. Vielleicht fand er es komisch, dass ich diese nicht zuerst mit ihm besprach.

„Sie wird dir gefallen", grinste ich ihn an. „Bestimmt."

„Mach's nicht so spannend!", warnte Karim mich.

Ich erklärte in ein paar kurzen Sätzen, was ich mir vorstellte.

„Hm", machte Adil.

„Gut", sagte Karim. „Das klingt ziemlich gut."

Wir blieben eine Weile sitzen, ohne zu sprechen.

„Okay dann, ich überprüfe das alles noch mal und rede mit Mohammad", brach Karim das Schweigen. „Hier gibt es nichts mehr für euch zu tun."

Das war so gut wie ein Rauswurf.

„Fahrt mit unterschiedlichen Zügen", sagte Karim. „Du zuerst."

PAULA

Ich schaute in den kleinen Spiegel, der in der Toilette vom Casino hing. Okay, ich war ungeschminkt, und sogar wenn ich mir ein paar Strähnen ins Gesicht zupfte, fand ich mein Gesicht zu breit. Und außerdem war das, was ich nun vorhatte, völlig krank, wie eine Sucht.

Vor dem Casino traf ich Simon. Er versuchte mich anzulächeln, aber dafür hatte ich jetzt keine Zeit.

Ich setzte mich auf mein Fahrrad und fuhr nach Benrath.

Im Kiosk war nur Adils Mutter.

„Ach, Mädchen", sagte sie und zog ihre Stirn kraus, nachdem ich nach Adil gefragt hatte.

„Ich weiß", sagte ich. „Ich muss ihn trotzdem sehen." Diesmal hatte ich Gründe, die nicht nur mit meiner krankhaften Verliebtheit zu tun hatten, hoffte ich jedenfalls.

„Ach", sagte sie noch mal und schnalzte.

„Ist er da?", fragte ich. „Bitte."

Sie schloss – immer noch schnalzend und „ach" murmelnd – den Kiosk ab und brachte mich nach oben.

Adil saß in seinem Zimmer. Es war sehr aufgeräumt, nicht mal Schulsachen lagen auf seinem Schreibtisch. Er lauschte seinem iPod.

„Hallo", machte ich.

Adil war sofort auf den Beinen, so als hätte er ein Gespenst gesehen.

„Was machst du hier?"

„Ich muss mit dir reden. Über das hier …" Ich bekam den Reißverschluss meiner Tasche erst nicht auf, doch dann packte ich die Ausdrucke aus, die ich in Max' Zimmer geklaut hatte.

„Wieso druckt Max sich so etwas aus?", fragte ich ihn. „Sag mir das!"

Er blickte auf das Papier, dann grapschte er danach. Er blätterte die Ausdrucke aufmerksam durch, so als würde er sie zum ersten Mal sehen. Das tat er vielleicht auch. Aber ich war sicher, dass er die Menschen auf den Fotos erkannte. Und außerdem schien er etwas zu kontrollieren. Dann gab er mir das Bündel Papier zurück.

„Keine Ahnung."

„Tust du das auch? Bilder von Attentätern sammeln? Bilder von Toten?"

„Vielleicht braucht Max das für die Schule. Wirtschaft und Soziales oder so."

„Was?"

„Klar, das ist die einzige Erklärung."

Ich schwieg und sah mich in seinem kargen Zimmer um.

„Wieso fragst du nicht einfach Max? Anstatt bei ihm herumzuspionieren?“ Er verzog kurz den Mund. „Gibt es bei euch nicht so etwas wie Privatsphäre?“ Er schüttelte den Kopf, so als müsse er sich über mich wundern. „Oder ist das nur ein Vorwand, um hierherzukommen?“, fragte er dann.

Ich spürte, dass meine Ohren anfingen zu glühen.

„Also wirklich, Paula. Nur weil wir einen Glauben haben und beten, sind wir noch lange keine durchgeknallten Islamisten.“

„Okay“, sagte ich kleinlaut.

„Gut“, sagte er und dann kam er näher und legte seine Arme um mich. Er drückte sich fest an mich, sein Mund lag auf meiner Wange, und für einen winzigen Moment dachte ich, wir würden uns küssen. Dann rutschte sein Mund weiter, traf mein Ohr und dorthin küsste er mich dann.

„Paula“, sagte er in mein Ohr, und plötzlich klang er ängstlich. „Du bist so …“

Ich wollte nicht hören, was er von mir dachte, so gern ich es geglaubt hätte. Aber ich konnte nicht. Ich machte mich los.

„Was soll das denn jetzt?“, fragte er hinter mir, als ich die Klinke seiner Tür herunterdrückte. „Bleib doch noch.“

Ich drehte mich zu ihm um und schaute auf seine gesenkten Wimpern.

„Willst du nicht was trinken?“, fragte er unbeholfen.

„Gern“, sagte ich. „Hast du was mit Alkohol da?“

ADIL

Wenn mich jetzt Mohammad und Karim sehen würden, oder Max. Ich zuckte nicht mal, als Paula danach fragte, sondern ich ging zum Kühlschrank und holte eine Flasche Schnaps heraus. Ich wusste, dass das hier eine Prüfung war.

„Mit Wasser?“, fragte ich. „Oder lieber mit Cola? Kann ich im Kiosk holen.“

„Wasser“, sagte Paula, und wir sahen zu, wie der klare Raki trüb wurde.

„Trink doch was mit mir“, schlug sie vor, und ich schüttelte erst den Kopf, doch dann nahm ich ein zweites Glas und goss Schnaps und Wasser hinein. Ich tippte mit meinem Glas gegen ihres, und dann tranken wir gemeinsam. Es schmeckte scharf und nach Anis. Mir war schwindelig vor Panik.

Ich schob Paula vor mir her in mein Zimmer, und da drehte sie sich um und küsste mich. Zuerst schmeckte sie nur nach Schnaps, dann anders, weicher. Ich musste mich an ihr festhalten, und sie rückte ein Stück von mir weg, nahm mein Gesicht in ihre Hände und betrachtete es, als könne sie darin lesen. Ich wusste nicht, wo ich hinschauen sollte.

Dann ließ sie mich los und setzte sich auf mein Bett. Ihr Blick untersuchte mein Zimmer und blieb an meinem kleinen Rollkoffer hängen.

„Warst du im Urlaub?“, fragte sie.

„Da räume ich nur meine Wintersachen ein. Jacken und so“, antwortete ich.

Paula nickte, und ich setzte mich neben sie und küsste sie noch einmal. Sie hielt mich fest, und für einen Moment dachte ich, so könnte es immer sein. Nur Paula und ich, und sie würde mich festhalten, aber das war nicht möglich. Es war falsch. *Haram*, würde Max sagen, der ja jetzt so eifrig Arabisch lernte. Kurz darauf ging sie, und ich wünschte mir sofort, noch bevor ich unten die Haustür zufallen hörte, ich würde sie wiedersehen.

MAX

Ich wachte auf. Das allererste Licht kroch schon unter den Rändern des Vorhangs ins Zimmer, und die Leuchtanzeige meines Weckers zeigte vier Uhr. Ich ging ins Bad und wusch mich. Ich hatte Durst, deshalb ließ ich das Waschbecken volllaufen, tauchte mein Gesicht hinein und trank. Ich fühlte mich wie ein Tier, wie ein schlabbernder Hund, aber ich wollte nicht an den Hund denken. Ich wollte an überhaupt nichts denken.

Ich ging zurück in mein Zimmer. Da stand der Koffer. Noch war nichts passiert. Daneben lehnte mein Rucksack, den Fahrplan und die Flugroute hatte ich im Kopf, alles auswendig, nichts schriftlich, so wie Karim immer gesagt hatte.

Ich zog mich an, und dann setzte ich mich auf den Rand meines Bettes. Ich machte das Licht nicht an, sondern beobachtete nur, wie der Wecker die Minuten herunterzählte, die Minuten, in denen ich noch in diesem Haus sein würde, bei meinen Eltern und meiner Schwester.

Ich stellte mir vor, wie meine Eltern schliefen, und etwas in mir wollte sie weiter hassen, aber da war auch ein anderes Gefühl: Ich wollte ihnen vergeben, und ich wollte, dass sie mich als den sahen, der ich wirklich war, und als den, der ich in ein paar Stunden sein würde.

Ich betete. Es war fast so, als sei ich wieder in der Corneliusstraße, der Himmel spannte sich über Düsseldorf, und über mir wachte ein Gott, jemand, der größer war als ich, und wie zur Antwort sprang der Wecker um auf die Zeit, die ich mir vorgenommen hatte. Ich stand auf, nahm meinen Rucksack auf den Rücken, den kleinen Koffer in die Hand und stieg vorsichtig die Treppe herunter.

Die Ostsiedlung schlief, kein Mensch war auf der Straße. Ich trug den Koffer bis zur Bushaltestelle, der Bus kam, der Fahrer schien mir zuzunicken, so als würde er mein Tun billigen. Wir kamen gut voran, fast keine Autos auf der Straße.

Ich betete wieder, betete, während ich aus dem Bus ausstieg. Ich betete weiter, als ich den Koffer auf den Düsseldorfer Hauptbahnhof zurollte, dessen schmale, hohe Fenster zu glühen schienen. Ich rollte den Koffer bis zum Gleis 16, und der Zug war pünktlich. Es waren wenige Menschen im Abteil, und sie schienen mir zuzulächeln. Sie würden ja schon in ihren Büros sitzen, wenn es passierte.

Wir hielten in Benrath, und ich dachte an Adil, der sich jetzt gerade auf den Weg zum Bahnhof machte. Ich dachte an Yusuf und an Karim, von dem ich nicht wusste, was er gerade tat, denn sein Platz war bei Mohammad. Ich dachte an Mohammad, ich dachte an alles, was er mich gelehrt hatte, dass er mich geliebt hatte, wie ein Vater seinen Sohn liebt.

Ich dachte an die Menschen, die heute sterben würden.

PAULA

Im Traum küssten wir uns lange, beide immer noch die Gläser in den Händen. Als mir das auffiel, nahm ich Adil das Glas aus der Hand und stellte beide auf den Küchentisch. Es war viel besser, sich zu küssen und sich dabei zu umarmen und anzufassen. Adils Rücken war ganz warm und fest, und seine Oberarme umschlossen meine Schultern. Dann ging alles plötzlich schnell und schneller, und ich hörte auf, ihn und mich zu beobachten, sondern ich war nur noch Paula, die Adil wollte. Ich wurde davon wach, dass ich ins Leere griff, oder war unsere Haustür zugeklappt? Es war kurz nach fünf am Morgen, und irgendetwas stimmte nicht. Ich trat an mein Fenster und sah Max, mit dem Rucksack auf dem Rücken und einem Rollkoffer.

Ich spürte, wie ich eine Gänsehaut bekam.

Dann nahm ich mein Handy. Sollte ich die Polizei anrufen? Wegen eines Koffers? Was, wenn Max einfach nur abhaute? Sollte ich nicht lieber Klaus und Eirená wecken?

Ich klickte die Kontakte auf und wollte Lara eine Nachricht schreiben. Ganz oben wurde die Nummer von Herrn Altuntas angezeigt. Hatte er nicht gesagt, ich könne ihn anrufen, wenn etwas mit Max sei? Und er kannte Max, und auch Adil. Außerdem hatte er besorgt gewirkt.

Ich textete, fand die Worte zu dramatisch und löschte sie wieder. Was sollte ich schreiben? Schließlich tippte ich: „Bitte! Rufen Sie mich an! Auch jetzt, wenn Sie schon wach sind! Mit Max stimmt was nicht." Das klang zwar immer noch dramatisch, aber ich drückte trotzdem auf Senden.

Dann ging ich in Max' Zimmer. Es fehlte fast nichts, sein Bett war gemacht, seine schmutzige Wäsche lag im Korb in der Ecke, sein Laptop war noch da. Sein alter Atlas lag auf dem Schreibtisch, und als ich ihn aufschlug, öffnete er sich wie von selbst auf der Doppelseite mit der Weltkarte, auf die jemand mit Kuli einige Daten gekritzelt hatte. Der elfte September sagte mir natürlich etwas, und auch Paris im Januar und das Attentat an der amerikanischen Botschaft in Berlin Anfang März. Das Ereignis von Köln aus dem Jahr 2006 musste ich ins Smartphone eingeben, genauso wie die Anschläge von London und Madrid. Ich erinnerte mich nicht, dass es in Köln einen Anschlag gegeben hatte. Hatte es auch nicht. Die beiden Koffer der Attentäter waren nicht explodiert.

„Jetzt ruhig bleiben", sagte ich mir, so als ginge es darum, ein junges Pferd über einen Parcours zu bringen. „Ruhig!"

Dann klingelte mein Handy.

„Altuntas", sagte eine verschlafene Stimme. „Was ist so dringend?"

„Ich glaube, dass …", begann ich. „Also, ich glaube, dass Max etwas vorhat. Er hat eben das Haus verlassen, mit einem Koffer, den ich nicht kannte. Genauso wie diese Jungen in Köln vor ein paar Jahren, wissen Sie?"

„Und?", fragte Altuntas. Aber an seiner Stimme hörte ich, dass er begriff, obwohl ich verworrenes Zeug redete.

„Wann ist Max los?", unterbrach er mich.

„Vor einer halben Stunde. Ungefähr."

„Hast du schon … ich meine, die Polizei?", fragte Altuntas.

„Nein."

„Dann mach ich das jetzt. Beruhige dich, ich rufe dich an, sobald ich mit der Polizei geredet habe, ja? Ich kenne dort jemanden."

Ich nickte, dann sagte ich „Ja" und legte auf.

Ich zitterte noch mehr, vor allem, weil Altuntas sofort den gleichen Verdacht wie ich gehabt hatte. Was war, wenn wir recht hatten?

KEMPER

Eben war ich noch fast bewusstlos gewesen, traumlos, in einer anderen Welt, und jetzt war da Burak am Telefon, der mir von dem Konvertiten erzählte. Und einem Koffer.

„Oh Gott" war das Einzige, was ich rausbrachte, und Burak schien darauf zu warten, dass ich etwas Sinnvolles sagen würde.

„Und das ist alles, was du weißt?", fragte ich.

„Das Mädchen redete etwas von diesen Jungen in Köln", sagte Burak. „Diese Kofferbomber, 2006, sagt dir das was?"

„Gott", sagte ich wieder und dann: „Gibt es Hinweise darauf?"

„Na ja, er fährt jeden Tag mit dem Regionalexpress nach Köln. Da könnte er doch …"

„Ja", sagte ich. „Das ist eine Möglichkeit." Aber nur eine Möglichkeit. Und warum sollte er es so früh am Morgen tun? Die Hauptverkehrszeit fing erst in ungefähr einer Stunde an. Mit nackten Füßen ging ich in das Zimmer, in dem die Modelleisenbahn stand. Die Strecke von Köln nach Düsseldorf war bloß ein zweigleisiger Schienenstrang, und winzige Bahnbeamte markierten die Bahnhöfe.

„Okay", behauptete ich. „Ich glaube, ich weiß, was er vorhat." Aber warum so früh am Morgen?

„Gut", sagte Burak. Wir legten auf.

Ich starrte weiter auf die Schienenstränge. Irgendwas übersah ich. Es war zu früh. Nachdenken, sagte ich mir, Kemper, denk nach! Ein zweigleisiger Schienenstrang.

Dann griff ich noch mal zum Handy, obwohl sich in meinem müden Kopf erst so etwas wie eine Ahnung formte.

„Gibt es sonst noch jemanden?", fragte ich Burak. „Möglichst jemanden, mit dem er morgens zusammen fährt?" Das konnte die Lösung sein.

Burak schwieg.

Also ja, dachte ich, während Burak ein festes „Nein" in den Hörer sagte, aber ich war wie ein alter Jagdhund, dem endlich die Morgenluft in die Nase stieg.

„Doch", sagte ich. „Und du kennst ihn auch und willst ihn schützen. Aber denk auch daran, dass vielleicht, nur ganz vielleicht, andere dafür sterben."

Am anderen Ende war es immer noch still.

„Es ist mein Neffe", sagte Burak. „Er fährt mit Max diese Strecke. Mehr weiß ich nicht."

MAX

Am Kölner Hauptbahnhof stieg ich aus und ging zur öffentlichen Toilette. Mit dem Koffer durch das Drehkreuz zu kommen, war einigermaßen schwierig, aber der Schwarze, der hier als Toilettenmann arbeitete, half mir. Das erschien mir als gutes Zeichen, ich nickte ihm zu.

Auf der Schüssel sitzend öffnete ich den Koffer und stellte die Zeit am Zünder ein, so wie Karim es mir erklärt hatte. Dann zog ich mir die Hose runter. Es rutschte nur so aus mir heraus, als hätte ich vor lauter Aufregung Durchfall. Ich sehnte mich nach einer warmen Dusche, nach etwas Sauberem, aber das ging ja jetzt nicht.

Stattdessen zog ich den Koffer quer durch die Bahnhofshalle zu dem Gang, der zu den Bahnsteigen führte. Der Regionalexpress zurück nach Düsseldorf war pünktlich, jedenfalls zeigte der blaue Kasten über dem Bahnsteig keine

Verspätung an. Die Pendler standen dicht gedrängt. Ich hätte mir gerne eine Cola gekauft, denn mein Mund war ganz trocken, aber das hätte bedeutet, dass ich mit jemandem reden musste, vielleicht sogar mit einem, der gleich mit mir in den Zug stieg. Jede Kontaktaufnahme war zu vermeiden, genauso wie bei dem Hund.

Ich konnte sehen, wie die rote Schnauze des Zuges auf unser Gleis glitt, dann hielt der Zug und ich ließ die anderen vorgehen, sodass ich an der Tür zu stehen kam. Ich kramte in meinem Rucksack, als müsste ich etwas suchen.

Der Zug fuhr los, jemand stieß gegen mich und sagte „Entschuldigung", aber das wollte ich nicht hören.

Wir fuhren über die Brücke, die Schlösser der Liebenden glänzten, ich sah die weißen Ausflugsschiffe am Rheinufer liegen und dahinter die Silhouette der von der Frühsonne beschienenen Stadt.

Der Zug hielt in Deutz, die pneumatischen Türen öffneten sich und ich stieg aus, tat dabei immer noch so, als müsse ich in meinem Rucksack kramen. Den Koffer ließ ich im Zug, ging dann auf die Treppe zu und sah aus den Augenwinkeln, wie sich die Türen des Zuges schlossen.

KEMPER

Ich hatte als Erstes mit Littkens telefoniert. Dann hatte ich Svenja geweckt und sie gebeten, mich ins Büro zu fahren. Ich wusste ja nicht, ob ich durch die Sperrung des Bahnbetriebs überhaupt noch bis Köln durchkommen würde. Als ich ankam, war Littkens schon da, genauso wie die Decker.

„Es kann auch sein, dass wir uns lächerlich machen“, sagte Decker gerade. „Wir wissen doch alle, wie Kemper inzwischen drauf ist.“

Ich stand an der Tür und schaute auf den Rücken von Littkens. Ich wartete darauf, dass er Decker widersprach, aber er seufzte nur.

„Ich denke auch, dass es reicht, die Kölner Bahnhöfe zu sperren“, sagte Littkens. „Das können wir immer noch als Bombenwarnung verkaufen.“

„Nein“, sagte ich. „Das reicht nicht. Wir dürfen auch keinen Zug aus Düsseldorf herauslassen. Es gibt einen zweiten Koffer in einem Zug, der aus Düsseldorf kommt. Wo die beiden Züge sich treffen, wird es passieren.“

Littkens drehte sich zu mir um. Er hatte genug Anstand im Leib, um rot zu werden.

„Wir wissen von einem Konvertiten, der mit einem Rollkoffer unterwegs ist. Und wir haben inzwischen die Bestätigung, dass er am Düsseldorfer Hauptbahnhof in den RE …“, er schaute auf sein Blatt und las mir die Nummer des Regionalexpress vor, „… gestiegen ist. Das haben wir auf Video.“

„Aber es gibt doch einen Grund dafür, dass er so früh los ist, oder? Er steigt in Köln um und setzt sich in den Zug zurück nach Düsseldorf. Er fährt genau dem Zug entgegen, mit dem er sonst jeden Morgen fährt.“

„Und warum sollte er das tun?“, fragte Decker. „Das ist doch viel zu viel Aufwand. Warum sollte er so ein Risiko eingehen?“

Ich hatte das Littkens alles vorhin schon am Telefon erklärt, jedenfalls so, wie ich mir das vorstellte.

„Weil er wahrscheinlich genau diesen Zug hasst und weil es einen Freund gibt, der mit einem zweiten Koffer unterwegs ist.“ Ich vermied das Wort Bombe, und vielleicht war das falsch, oder es war überhaupt falsch, mit Decker zu reden, die mich nur ansah und sich bemühte, keinerlei Regung in ihrem Gesicht zu zeigen.

„Was für ein Freund? Dieser Karim?“

„Nein“, sagte ich. „Burak Altuntas’ Neffe. Er hat es mir erst heute Morgen … Herrgott, Littkens, das hatte ich doch schon erklärt, oder?“

„Ich kann nicht den ganzen Schienenverkehr lahmlegen.“ Er glaubte mir auch nicht. Dann sah er auf seine Uhr.

„Und der Regionalexpress aus Düsseldorf ist jetzt sowieso schon unterwegs. Die Bahn leitet alle Züge so um, dass sie nicht über den Kölner Hauptbahnhof fahren.“

Decker schenkte mir ein Grinsen, bei dem sie ihre Mundwinkel fest zusammenkniff, sodass ich verstand, dass sie irgendwie gewonnen hatte.

„Littkens, stopp diesen Zug!“, sagte ich noch mal.

Hinter mir ging die Tür auf, und der Chef persönlich stand da. Anders als wir, die wir uns alle heute in der Früh irgendetwas übergezogen hatten und schlecht aus dem Mund rochen, war er geduscht und frisiert.

Er rieb sich die Hände und wirkte gut gelaunt.

„So, dann geht's also los!", sagte er. „Endlich."

„Herrgott!", sagte ich halblaut und es war mir egal, ob der Chef mich hören konnte.

„Dann erstatten Sie mal Bericht!" Ich dachte, der Chef hätte mich gemeint, aber als Littkens die ersten Sätze sprach, wurde mir klar, dass er mich nicht beachtete und dass er mich nicht unterstützen würde. Ich war nicht mehr der Jagdhund, ich fühlte mich wie ein verfilztes, altes Knäuel von traurigen Gedanken und Müdigkeit, das sich nur noch in einer Ecke zusammenrollen wollte, um zu schlafen. Ich verließ das Büro, und wahrscheinlich brachte ich dadurch den Chef noch mehr gegen mich auf, aber solche Gedanken hatte ich früher mal gehabt, und jetzt dachte ich sie nur noch aus Gewohnheit. In meinem Büro merkte ich erst, dass ich am ganzen Körper zitterte, und ich erkannte das Gefühl wieder, das ich hier lange nicht mehr gehabt hatte: Es war blanke Wut.

ADIL

Ich steige um 7.00 Uhr in Düsseldorf-Benrath in den dritten Wagen des RE5 ein, genau nach Plan. Ich habe einen kleinen Rucksack und einen Rollkoffer dabei. Für mich gibt es keinen Sitzplatz mehr, da sich im Wagen 3 bereits zwei Schulklassen befinden, die einen Ausflug ins Phantasialand Richtung Brühl unternehmen. Sie müssen aus Duisburg kommen oder vielleicht sogar vom Niederrhein. Es sind siebenunddreißig Grundschulkinder, die seit ein paar Wochen in die Schule gehen, die Ranzen riechen noch neu, und vor ihnen, so muss es ihnen vorkommen, liegt eine aufregende Zeit.

Eine der Lehrerinnen zählt sie durch. Dazu gibt es noch eine Klassenlehrerin und drei Mütter, die zur Betreuung mitfahren. Sie sind so früh unterwegs, um in Brühl den ersten Shuttlebus in den Vergnügungspark nehmen zu können, jedenfalls redet die jüngere der Mütter davon. Die Kinder schnattern schon lustig durcheinander und zeigen sich die Süßigkeiten, die sie eingesteckt haben.

Auf der Strecke erfolgt kurz vor dem Halt Leverkusen die Durchsage, dass der Rhein-Express ohne Halt in Leverkusen den Kölner Hauptbahnhof umfahren wird. Der Kölner Hauptbahnhof sei abgesperrt und werde gerade geräumt.

All mein Blut sackt in meine Füße. Mir wird schwindelig. Ich werde mit ihnen, mit den hellen Stimmen der Kinder, mit den Lehrerinnen, mit den Müttern, sterben.

Die Umfahrung werde auf einer Güterstrecke erfolgen. Der nächste Halt sei daher Köln Süd. Ab Köln Süd werde der Rhein-Express alle Fahrtziele planmäßig anfahren, jedoch sei mit etwa zehn Minuten Verspätung zu rechnen.

Zusammen mit den siebenunddreißig Kindern werde ich nun sterben.

Ich will beten, doch da sind keine Gebete in mir. Ich will leben, ich will Paula wiedersehen, ich will darum beten, dass ich leben darf, aber wie sind die Worte dafür?

Stattdessen ziehe ich die Notbremse, klettere auf die Sitzbank, auf der die Kinder bereits ihre bunten Brotdosen und Trinkflaschen aufgebaut haben und schlage mit dem Nothammer auf das Fenster ein. Das Glas splittert und lässt sich herausdrücken. Die Kinder schreien und verstecken sich hinter den Frauen. Auch die haben Angst vor mir und drängeln die Kinder von mir weg.

Ich renne zurück zum Koffer, zur Bombe, und schleudere ihn hinaus.

Aber nicht weit genug, er kommt neben den Schienen zum Liegen, ich werde sterben, die Kinder werden sterben. Und da springe ich hinterher, verknackse mir den Knöchel und krieche mit dem Koffer über den Schotter zwischen den Gleisen, bis nichts mehr geht.

MAX

Am Deutzer Bahnhof ging ich mit vielen anderen Leuten durch den Gang, der zum S-Bahn-Gleis führte, als ich die Ansage hörte. Die Weiterfahrten der S-Bahnen würden sich bis auf Weiteres verzögern.

Alle, die gerade noch in diesem geschäftigen Morgenschritt gelaufen waren, stöhnten kollektiv auf, ich tat es sogar auch und verzog genauso missbilligend den Mund, während ich kehrtmachte. Es war noch nicht vorbei. Ich musste unauffällig bleiben, durfte mir jetzt nichts erlauben, deshalb zog ich mir eine Cola aus einem der Automaten in der Vorhalle, und dann nahm ich mir ein Taxi zum Köln-Bonner Flughafen. Es war das letzte Taxi, auch andere hatten diese Idee gehabt, und dass ausgerechnet ich das letzte Taxi ergattern konnte, schien mir ein weiteres gutes Zeichen zu sein.

Auch beim Taxifahrer, einem älteren Mann, wahrscheinlich sogar einem Rentner, musste ich mich über die Bahn beschweren, und das tat ich, so als sei ich ein ganz normaler Reisender.

Wir fädelten auf die vierspurige Straße ein, die zur Flughafenautobahn führte, und ich war erleichtert, als der Taxifahrer in seinem Radio die Frequenz von WDR 2 suchte und wir stumm auf die Autobahn auffuhren.

KEMPER

Ich beobachtete die kleinen Ziffern unten auf dem Bildschirm. Jetzt fuhr eine Regionalbahn gerade an unserem Haus vorbei, jetzt kam der IC aus Bonn, jetzt waren Svenja und Tom sicher wieder zu Hause. Hoffentlich. Gab es irgendwo weitere Bomben?

Von meinem Schreibtisch aus konnte ich die Tür von Littkens Büro sehen. Was wussten sie schon? Mit wem standen sie in Verbindung?

Ich ging über den Flur und tat so, als müsse ich auf die Toilette. In Littkens Büro mussten meine Schritte zu hören sein, was taten sie gerade? Und was dachten sie?

Ich ging bis zu Littkens' Tür, klopfte an und trat ein, so wie ich es früher gemacht hätte, und ich sah in ihren Blicken, dass ich nun kein Recht mehr zu haben schien, das zu tun.

„Kemper", sagte der Chef. „Wir wollten Sie gerade holen."

Nichts lag ihnen ferner, das wusste er, und das wusste ich.

„Und?", fragte ich trotzdem.

„Wir haben die Bombe", sagte Littkens. Wenn das ein Lob war, wusste ich nicht, ob er mich oder sich selbst meinte. „In Köln-Deutz! Der Regionalexpress steht noch auf dem Gleis. Warten auf die Bestätigung des Sprengstoff-Experten. Formsache."

„Gute Arbeit", sagte Decker. „Ich wusste, dass du es noch kannst."

„Sonst nichts?", fragte ich.

Sie machten sich nicht die Mühe, mir zu antworten.

„Setz dich doch", sagte Littkens zu mir. „Willst du auch einen Kaffee?"

Ich nickte, sah mich um, alle Sessel waren schon besetzt, und ich entdeckte dann einen Hocker, den ich mir zum Schreibtisch heranzog. Littkens stellte mir einen Kaffeebecher hin. Ich nahm einen Schluck daraus. Der Kaffee war bitter, so als hätte er schon zu lange auf der Platte gestanden.

Wir sagten nichts mehr, bis das Telefon ging. Der Chef hob ab und lauschte. Er musste sich nicht vorstellen, anscheinend wussten die Leute, dass er hier bei Littkens im Büro war.

„Gut", sagte er. „Ja, sehr gute Arbeit. Wir alle."

Er nickte zustimmend in den Hörer.

„Auf heute können wir wirklich stolz sein, ja. Wir sind schon eine Klassetruppe."

Am anderen Ende wurde wohl ein Scherz gemacht, denn der Chef lachte. Dann legte er auf.

„Das SEK kommt gerade aus Karim Chebbis' Wohnung. Nettes kleines Labor hat er sich dort eingerichtet."

Ich meinte zu sehen, wie Decker ihre Hand zu einer Faust ballte und angespannt nach oben drückte, so als wären wir hier bei einer Sportveranstaltung.

Der Chef sah in seinen Kaffee, dann stellte er ihn ab, so als würde er ihn anwidern.

„Wisst ihr was? Wir haben heute hier in Köln einen Anschlag verhindert, der vielleicht so viele Opfer gefordert hätte wie damals in Madrid. Und dann sitzen wir hier rum und trinken Kaffee?" Er griff wieder zum Hörer und wählte eine Durchwahlnummer, anscheinend die zu seinem Büro: „Katja? Ich bin's. Bin hier unten im Büro von Littkens."

Seine Sekretärin sagte etwas.

„Bring mal den Schampus, der bei uns im Kühlschrank steht, runter! Und vier Gläser, nein, fünf. Du trinkst ja bestimmt eins mit." Er lachte. „Ach, eins kannst du doch!"

Er sah uns stolz an, und wir lächelten ihm zu, sogar ich, obwohl ich nicht lächeln wollte.

Das Telefon ging noch mal, und der Chef gab Littkens den Hörer.

„Lass dir auch mal gratulieren, Junge!", sagte er. Ich wusste gar nicht, dass die beiden per Du waren.

Littkens nahm den Hörer, so als würde ihm ein Geschenk

überreicht. Er meldete sich mit seinem Namen, und dann konnten wir beobachten, wie sein Gesicht immer ernster wurde.

Er schrieb etwas mit einem Kuli auf ein Blatt Papier, sagte „Ja“ und „Hab ich verstanden.“.

Die Sekretärin vom Chef klopfte und drückte die Klinke mit dem Ellenbogen herunter. Sie trug ein Tablett mit fünf Gläsern und einer Sektflasche mit tiefblauem Etikett. Pommery, so was hat der Chef im Kühlschrank, dachte ich, um nicht an alles andere denken zu müssen.

„Jetzt nicht!“, fauchte der Chef sie an, und mir fiel auf, wie selbstverständlich sie sich das gefallen ließ. Es gab immer so viel, das vom Tod ablenken konnte, das hatte ich in den letzten Monaten gelernt. Aber natürlich kommt man immer wieder auf den Tod zurück. Weil damit alles endet, jeder Gedanke, alles, wir.

„Verdammt, Kemper! Du hattest recht“, sagte Littkens und sah mich an.

Als käme es darauf an, wer recht gehabt hatte. Wie jämmerlich wir waren, jetzt wo der Tod in unser Büro kroch. Denn ich hatte das Gleiche gedacht, ich hatte recht gehabt.

„Was ist denn los?“, fragte der Chef.

„Explosion mit Personenschaden“, sagte er im Jargon der Bahnpolizei. „Bei Leverkusen. Die Kollegen sind unterwegs.“

Der Chef wollte etwas zu mir sagen, aber ihm waren endlich mal die Worte ausgegangen, und so klappte er nur den Mund zu.

Eine Katastrophe, dachte ich, während ich den überfüllten Kölner Hauptbahnhof betrat. Die Sperrung war immer noch nicht aufgehoben, eng ineinandergeschobene Menschen standen auf dem Vorplatz, die Taxis fuhren im Sekundentakt ab, in der Halle mit der großen blauen Anzeigetafel waren noch mehr Menschen und warteten darauf, dass Möglichkeiten angezeigt würden, mit denen sie nach Hause fahren könnten. Andere redeten in ihre Handys, scheinbar unberührt davon, dass auf dem Streckenabschnitt zwischen Köln und Leverkusen ein zersprengtes Stück Mensch auf den Gleisen lag.

Ich konnte mir vorstellen, wie Leute von uns zwischen dem Schotter und den Schienen nach Spuren suchten, nach winzigen Teilchen, die irgendeinen Hinweis brachten, irgendeine Spur, irgendetwas, das mit dem Tod des Jungen in Verbindung stand. Da gab es natürlich auch die Videobänder, Festplatten und Handyspeicher auszuwerten, digitale Spuren. Da war diese Leiche auf den Schienen, fast unkenntlich, aber doch leicht identifizierbar. Er hieß Adil Dal und war der verheimlichte Neffe von Burak Altuntas.

MAX

Über dem Rollfeld lag gelbes Licht, diffus gestreut wie künstlicher Nebel. Wir rollten über die Startbahn. An den kleinen leuchtenden Markierungen war zu sehen, wie das Flugzeug beschleunigte. Dann waren wir in der Luft, die kleinen Lichter wurden kleiner und kleiner. Der Flieger legte sich in die Kurve, und wir ließen die Istanbuler Vororte unter uns. Bis jetzt hatte alles gestimmt, was Adil gesagt hatte. Der Flug nach Istanbul und jetzt weiter Richtung Adana. Aber das Schwierigste kam ja noch.

Die Leute machten ihre Gurte auf, ich auch. Jetzt sprach mich hoffentlich niemand mehr an. Ich konnte auch nicht sehen, ob jemand etwas aus Deutschland dabeihatte, eine vertraute Chipspackung oder eine Plastiktüte. Ich selbst trug nichts typisch Deutsches, das war wichtig, hatten Adil und ich uns überlegt. Meine dünne Sommerjacke war von H&M, meine Jeans von G-Star. Ich hatte mir Nike-Turnschuhe gekauft und die Adidas zu Hause gelassen, obwohl man Adidas überall auf der Welt würde kaufen können. Trotzdem, nichts Auffälliges von einer deutschen Firma. Mein Rucksack war von Eastpak. Dabei war ich mir nicht sicher gewesen und hatte sogar im Internet nachgesehen. Eastpak hatte überall Stores, sogar in Iskenderun. Die Stewardess sprach Englisch mit mir, und ich antwortete mit Nicken und Kopfschütteln. Ich bekam Wasser und ein Käsebrötchen in einer verschweißten Folie, von dem ich lustlos zwei Bissen nahm. Neben mir saß ein älterer Mann und las Zeitung. Ich versuchte irgendetwas zu entziffern, vielleicht einen Hinweis auf mich. Aber die Zeitung war ja vom Morgen, da wusste die Welt noch nichts von Adil und mir.

Ich sah in den Nachthimmel, auf die Wolken, die schmutzig gelb unter uns lagen.

KEMPER

„Es ist vorbei", sagte Littkens. „Und du hast gute Arbeit geleistet. Wie wir alle."

Das wollten sie hier gerne glauben, das spürte ich, und ich hätte es gerne dabei belassen.

Vor mir auf dem Schreibtisch lag das Foto von Mohammad, darunter der Bericht, wie Littkens ihn zusammengestellt hatte, und darin gab es eine Leerstelle, die mir nur auffiel, weil ich die ganze Geschichte ständig in meinem Kopf hin und her drehte.

„Was ist mit den Zündern?", fragte ich Littkens. „Woher hatten Max und Adil diese Zünder?"

Er setzte sich auf meine Schreibtischkante. Er streichelte über den Bericht, dann nahm er das Foto von Mohammad in die Hand und sah es sich aufmerksam an. „Wir wollen doch, dass sich die Menschen in unserem Land sicher fühlen, oder?", fragte er, aber er erwartete gar keine Antwort. „Und dafür müssen wir die Dinge im Griff behalten."

Er sah weiter auf mich herab, streichelte über die Mappe und sah sich dann im Büro um.

Da verstand ich endlich.

„Mohammad war einer von uns?", fragte ich. „Wir haben ihn eingeschleust?"

„Er war keiner von uns!", sagte Littkens. „Ein V-Mann, ja."

„Aber wir haben ihn bezahlt? Haben wir ihm die Zünder gegeben?"

„Sollen diese Verrückten da draußen denn völlig unkontrolliert losgehen und Bomben legen?", fragte er zurück. „Ist es nicht besser, wenn wir etwas inszenieren und dann möglichst ohne Tote beenden?"

Ich saß da und spürte nichts.

„Ist das nicht besser?" Er holte Luft, so als müsse er sich selbst beherrschen. „Und Mohammad war eine gute Wahl, sehen wir es doch mal so. Die Operation war zu fast jeder Zeit unter unserer Kontrolle, darauf kommt es an."

„Zu fast jeder Zeit?", wiederholte ich. „Und der türkische Junge? Adil? Warum wussten wir nichts von der zweiten Bombe?"

„Ich weiß es nicht", gab Littkens zu. „Vielleicht wollte Mohammad uns etwas beweisen… oder er wusste selbst nichts davon."

„Und ich habe die ganze Zeit einen unserer Informanten überwacht?", fragte ich. „Ohne davon zu wissen?"

„Ja, das erschien uns sicherer." Littkens versuchte, sich hinter der Hierarchie zu verstecken.

Sie hatten mich die ganze Zeit für nutzlos gehalten.

„Da draußen herrscht ein Krieg", begann Littkens, und daran merkte ich, dass er sich schämte. „Wir können den nur gewinnen, wenn wir versuchen, die Kontrolle zu behalten."

Er holte noch einmal Luft und machte dann weiter: „Die Menschen dort draußen wollen abends ins Bett gehen und sicher sein, dass jemand aufpasst. Und dieser Jemand sind wir, du und ich. Wir behalten die Kontrolle."

Abends holte ich noch einmal das Foto von Mohammad hervor. Es war unverändert, und er schien mir immer noch weise und gütig. Aber in Wirklichkeit schaute ich nicht ihn an, sondern ich blickte in sein Gesicht wie in einen Spiegel, erinnerte mich, wie ich es zum ersten Mal in der Hand gehalten und mir gedacht hatte, dass Mohammad wüsste, warum Menschen sterben und was danach passiert, aber das stumme Foto warf mir nichts anders zurück als meine Sehnsucht.

MAX

Mit einem Minibus gelangte ich schließlich von Iskenderun nach Arsuz, das nicht viel mehr als eine Hauptstraße und eine vorgelagerte Promenade war. Hier war Saison, Väter gingen in Adiletten mit ihren Kindern und deren aufblasbaren Gummitieren zum Strand. Frauen standen bei einem Grillstand an oder trugen ihre Einkäufe nach Hause. Ich versuchte das gelbe Gebäude des Französischen Krankenhauses zu finden, das Adil mir beschrieben hatte, und entdeckte es, nachdem ich von der Hauptstraße abgebogen war, nun noch zweimal rechts und dann in dieses helle, dreistöckige Haus mit flachem Dach und angebauten Balkonen.

Ich probierte den ersten Schlüssel und stand dann im dunklen Flur. Ich drückte auf den Lichtschalter, doch er

funktionierte nicht. Ich tastete mich bis zum Treppen
der, hier fiel ein schmaler Lichtstrahl wie ein Mes
dem Oberlicht, und ich stieg bis in den zweiten Stock. Auch hier passte der Schlüssel, es war alles genau so, wie Adil die Ferienwohnung seines Onkels beschrieben hatte, die dunkel lackierten Fensterläden sperrten die Hitze aus, es roch nach Unbewohntem und irgendwie alt. Der Lichtschalter funktionierte auch im Flur der Wohnung nicht, vielleicht musste ich irgendwelche Sicherungen betätigen, ich wusste es nicht so genau, aber darum würde ich mich später kümmern.

Ich ging ins Bad, eine feuchte Höhle, die nur von einigen Lichtstrahlen aus dem Flur erhellt wurde, und drehte an den Hähnen, erwartete ein dünnes Rinnsal, doch das Wasser kam verschwenderisch sprudelnd aus dem Hahn, und ich trank davon, bis mein Bauch zu gluckern schien.

Dann zog ich mich aus und stellte mich unter die kalte Dusche. Es gab keine Duschwanne, das ganze Bad wurde nass, ich spürte die rutschigen Kacheln unter den Füßen und sank schließlich mit dem Hintern dorthin und ließ Wasser über mich hinweglaufen.

Dann drehte ich die Dusche ab und setzte mich auf die Klobrille. Ich saß lange mit aufgestützten Ellenbogen und den Kopf in den Händen dort und spürte die feuchten Kacheln unter meinen Füßen.

Im Flur ging plötzlich das Licht an. Das erschreckte mich, und ich kam auf die Beine, als das Licht wieder erlosch. Nackt tappte ich bis in den Flur, doch da war natürlich niemand, und ich erinnerte mich plötzlich, dass Adil von Stromausfällen erzählt hatte. Ich musste keine Angst haben.

Ich fragte mich, wann Adil wohl kommen würde. Auf ihn zu warten, zerrte an meinen Nerven. Aber bis jetzt war alles, wie er gesagt hatte. Wir würden uns hier treffen und dann weitersehen, Kontakt aufnehmen, die syrische Grenze war nicht weit, Adil sprach Türkisch, er würde weiterwissen. Ich musste nur vertrauen. Zwischen den muffigen Bettdecken war ich kurz darauf eingeschlafen.

Es war wohl mitten in der Nacht, als ich davon wach wurde, dass sich jemand an mein Bett setzte. Es war stockdunkel.

„Adil?“

„Ich bin's, Adils Onkel, Burak Altuntas.“

Ich wagte nicht zu antworten.

„Adil ist tot“, sagte er, und ich wusste sofort, dass es stimmte.

„Können Sie Licht machen?“, fragte ich.

Herr Altuntas lachte. Zuerst dachte ich das zumindest, doch dann wurde mir klar, dass er weinte. In der Dunkelheit hörte es sich nur wie ein Lachen an. Ich wollte ihm sagen, dass es mir leidtat, ich wollte überhaupt irgendwas sagen, doch es ging nicht.

Die Nacht war unglaublich schwarz.

SEPTEMBER

PAULA

„Hier müsste es sein“, sagte Bernd und blinkte. Es war eine Praxis für Kleintiere an einer Hauptstraße in Velbert.

Wir hatten beim Füttern geholfen und waren zu Bernd ins Auto gestiegen, als der Anruf kam.

„Hoffentlich ist es wirklich Tonka“, flüsterte Lara mir zu, als Bernd schon an der Tür klingelte.

„Hoffentlich.“

Wir kamen in das Wartezimmer. So spät waren natürlich keine tierischen Patienten mehr da, und eine Ärztin winkte uns sofort durch in einen weiß gekachelten Bereich mit verschiedenen abgezäunten Bereichen für Hunde und Katzen.

Die Tierärztin führte uns dorthin.

„Das ist sie“, sagte Bernd sofort.

Ich schaute noch mal hin. Die eine Seite von Tonka war rasiert worden, und flaumiges Fell, durchzogen von Narben, wuchs nun dort. Das rechte Ohr fehlte, und die Augenhöhle auf dieser Seite war leer.

„Was ist denn mit ihr passiert?“, flüsterte ich Lara zu.

Bernd betrat den Zwinger und beugte sich zu seinem Hund hinab.

Tonka flippte völlig aus, sprang an Bernd hoch, fiepte, bellte und drehte sich um seine Beine.

„War es ein Unfall?“, fragte Bernd. „Ist sie angefahren worden oder so?“

„Eher ein Fall von Tierquälerei. Das waren alles Brandwunden, soweit ich das beurteilen kann." Die Ärztin spielte nervös mit den Papieren in ihrer Hand.

Ich hielt mich an Laras Arm ganz fest. Mir war ganz schlecht.

„Was für Arschlöcher", sagte Bernd mit einer scharfen Stimme, die ich gar nicht an ihm kannte. Er kam mit Tonka aus dem Zwinger und wusste nicht, wo er hinsehen sollte.

„Tja", meinte die Ärztin. „Aber jetzt hat sie keine Schmerzen mehr. Das ist alles gut verheilt."

Sie machte uns ein Zeichen, den Raum zu verlassen.

„Ich hab bereits Anzeige erstattet, das tue ich immer, wenn so etwas passiert", berichtete sie. „Ich muss diese herrenlosen Tiere ja sowieso melden. Und oft gibt es mehrere Fälle, und das sammelt die Polizei dann. Manchmal werden diese … die Täter ja erwischt."

Später saßen wir im Auto, Tonkas Schwanz klopfte auf der Rückbank, und wir wussten gar nicht, was wir sagen sollten. Nur ein Mal, als wir an einer Ampel standen und darauf warteten, dass sie auf Grün umschaltete, schlug Bernd auf das Lenkrad und grollte etwas, das ich nicht verstand.

„Ich fahr euch nach Hause, okay?", fragte er dann mit seiner normalen Stimme und blinkte, um zur Ostsiedlung zu kommen.

„Und am Montag fängst du dann bei Röder an?", fragte er mich, nachdem Lara ausgestiegen war. Er fuhr wieder an und bog in die nächste Einbahnstraße ein.

„Das weißt du doch", sagte ich. „Ich freue mich auch schon."

Wir standen vor unserem neuen Haus.

„Was sagen sie dazu?", fragte Bernd. Er meinte meine Eltern, das war klar.

„Ich bin achtzehn, da können sie nicht viel sagen, oder?"

Ich konnte niemandem, nicht mal Bernd, erzählen, was mit meinen Eltern passiert war. Meine Mutter lag im Bett, tagein, tagaus. Alle Energie war aus ihr gewichen, und sie weinte. Mein Vater versuchte, es als *Zeit der Prüfung* hinzustellen, aber es funktionierte nicht besonders gut. Eine ihrer ehemaligen Jüngerinnen hatte sich bereits als neues Engels-Medium geoutet und bot Meditationsabende an. Sie hatte sogar die Stirn gehabt, meinen Vater zu fragen, ob er nicht auch kommen wolle. Mein Vater war ausgeflippt, und dass er deswegen tobte, war irgendwie befreiend gewesen.

Tonka wunderte sich vielleicht, warum wir nicht weiterfuhren, denn sie machte einen unbeholfenen Satz über die Handbremse und die Gangschaltung hinweg und suchte nach einem Platz. Ich stellte die Beine so auf, dass sie auf meinem Schoß sitzen konnte.

„Und dein Bruder?", fragte Bernd. Er konnte es nicht lassen, er musste seiner Hündin über die zerstörte rechte Kopfhälfte streicheln.

„Ich weiß nicht", sagte ich. Über Max konnte ich noch weniger reden. Ich konnte nicht mal an ihn denken, ohne zu weinen. Oder an Adil. Meine Finger kämmten Tonkas Fell.

KEMPER

Ich meldete mich krank, zum ersten Mal, seit ich damals aus dem Krankenhaus entlassen worden und gleich am nächsten Montag wieder ins Büro gefahren war, weil ich nicht wusste, was ich ohne Uta in meinem Haus anfangen sollte. Und dann hatte ich in meinem Büro gesessen und auch dort nicht gewusst, was ich tun sollte.

Jetzt aber war es anders. Ich setzte Svenja und Tom ins Auto und fuhr mit ihnen ins Phantasialand. Wir nahmen die Landstraße, fuhren durch den Altweibersommer, und die Laubbäume waren tiefgrün, die Kohlköpfe auf den Kappesfeldern prall, die Kürbisse leuchteten hoffnungsvoll orange zwischen ihren großen Blättern.

Mit Tom stieg ich in jede Bahn, die für sein Alter zugelassen war, und genoss es, dass er gar keine Angst hatte, sondern im *Colorado Express* und im *Night Hawk* und wie die ganzen Fahrgeschäfte hießen, vor Aufregung lachte und in die Hände klatschte.

Zwischendurch versuchte ich Burak zu erreichen, aber sein Handy war ausgeschaltet, und in seinem Büro bei Mercedes sagte man mir, dass Herr Altuntas Urlaub genommen hätte, und ich sagte: „Ja, natürlich", bevor ich auflegte.

Merkwürdigerweise dachte ich nicht mehr über den Tod nach, jedenfalls nicht so, wie ich es sonst tat, mit diesem niederdrückenden Schmerz, der mir nicht von den Schultern gewichen war, seit Uta tot war, sondern ich konnte an den Tod denken wie an etwas, das mir bevorstand, so wie es auch Svenja bevorstand und sogar dem kleinen glücklichen Tom, und es kam mir richtig vor, dass ich ein Auto über die Straßen lenkte, dass ich atmete und lebte, dass die Abendsonne warm über der ganzen Kölner Bucht stand, als wir nach Hause fuhren und uns in einer Pizzeria Nudeln und Pizza einpacken ließen.

MAX

Mitglied in einer terroristischen Vereinigung, Attentat, versuchter Mord, das ist es, was sie mir vorwerfen werden. Und sie haben recht damit.

Ich stehe am Fenster meiner Zelle. Es ist ein nebliger, feuchter Herbsttag, und der gegenüberliegende Zellentrakt ist kaum zu erkennen. Alles grau in grau, und die Kastanie, die im Innenhof gepflanzt wurde, kränkelt vor sich hin wie auch alles andere um mich herum.

Mein Frühstück steht noch auf dem Tisch, die Wurst wellt sich auf der trockenen Brotscheibe. Es ist Rheinische Fleischwurst, natürlich aus Schweinefleisch. Bestimmt finden die Schließer das irgendwie witzig. Oder ihnen ist es egal. Ich habe sehr viel Zeit, um über so etwas nachzudenken.

Ich denke auch an meine Mutter und an meinen Vater. Gestern stand mein Vater hilflos mit meiner Wäsche im Besucherraum. Er hatte geweint. Meine Mutter könne noch nicht kommen, sie lasse grüßen und denke an mich. Ich könne ihr schreiben, hat er vorgeschlagen, und für einen Moment war ich wieder der kleine Junge, und meine Aufgabe war es, meine Mutter glücklich zu machen. Über diese Erinnerung bin ich sauer geworden, und dann war die Besuchszeit zu Ende.

Mein Vater nahm meine schmutzige Wäsche, schlich mit gebeugtem Rücken an den Schließern vorbei, nickte demütig, als einer ihm noch einen schönen Tag wünschte. Ironisch natürlich. Ich schämte mich fast für ihn. Ekelte mich.

Sie werden mir nicht vorwerfen, dass ich ein Mörder bin, wahrscheinlich nicht, aber vielleicht bin ich genau das. Adil ist tot. Er war mein Freund, denke ich. Vielleicht der einzige, der kapiert hat, dass alles, unser ganzes Leben, so krank ist wie die Kastanie im Innenhof. Der mich verstanden hat. Und ich schaue in den trostlos nebligen Septemberhimmel, bis mir die Augen wehtun.

Ich werde nicht heulen.

Agnes Hammer wuchs mit fünf Geschwistern im Westerwald auf, bevor sie zum Studium nach Köln zog. Sie studierte Germanistik und Philosophie und unterrichtete nach dem Examen viele Jahre in einer Einrichtung für sozial benachteiligte Jugendliche in Düsseldorf. Seit 2005 ist sie Anti-Aggressionstrainerin. Für ihren Roman *Herz, klopf!* wurde Agnes Hammer mit dem Kranichsteiner Literaturstipendium ausgezeichnet.

Das Herz schlägt bis zum Hals

Agnes Hammer:
Herz, klopf!
280 Seiten
ISBN 978-3-8390-0104-2

Agnes Hammers Lissy-Romane sind packende Großstadtthriller über ein modernes Aschenputtel. Lissy Winterhart, notorische Schulschwänzerin, aufbrausend und gelegentlich gewalttätig, aber mit dem Herz auf dem rechten Fleck. Und mit einer bemerkenswerten Begabung, immer wieder in lebensgefährliche Situationen zu geraten …

Agnes Hammer:
Nacht, komm!
288 Seiten
ISBN 978-3-8390-0125-7

script5

Eine Geschichte von Mord, Habgier und Tod

Agnes Hammer:
Dorfbeben
280 Seiten
ISBN 978-3-8390-0119-6

Ich höre einfach zu gut.
Ich habe Anfälle von Seelentaubheit, das heißt, ich höre zwar alles, kann aber nichts mehr einordnen. Hören ohne Filter.
Manchmal höre ich Dinge, die andere nicht hören können.
Zum Beispiel damals, als Jakob ermordet wurde.
Und alle wussten, warum.
Aber niemand etwas sagte.